Best Time

白 马 时 光

周末何妨撒点野

梁实秋 著

天津出版传媒集团
百花文艺出版社

图书在版编目（CIP）数据

周末何妨撒点野 / 梁实秋著 . — 天津：百花文艺出版社，2024.10
ISBN 978-7-5306-8362-0

Ⅰ.①周… Ⅱ.①梁… Ⅲ.①散文集－中国－现代 Ⅳ.① I266

中国国家版本馆 CIP 数据核字（2024）第 060323 号

周末何妨撒点野
ZHOUMO HEFANG SA DIAN YE

梁实秋 著

出 版 人：薛印胜
责任编辑：徐丽梅　宋春悦　　　封面设计：果　丹
特约策划：董　妍　洪紫玉
特约编辑：洪紫玉
出版发行：百花文艺出版社
地　址：天津市和平区西康路 35 号　邮编：300051
电话传真：+86-22-23332651（发行部）
　　　　　+86-22-23332656（总编室）
　　　　　+86-22-23332478（邮购部）
主　页：http://www.baihuawenyi.com
印　刷：三河市金元印装有限公司
开　本：880 毫米 ×1230 毫米　　1/32
字　数：136 千字
印　张：7
版　次：2024 年 10 月第 1 版
印　次：2024 年 10 月第 1 次印刷
定　价：45.00 元

如有印装质量问题，请与三河市金元印装有限公司联系调换
地　址：河北省廊坊市三河市杨庄镇杨庄村
电　话：15831635539
邮　编：065200
版权所有 侵权必究

清华学子梁实秋。

梁实秋（后排右一）与清华同学吴景超（前排右一）等人合影。

清华文学社成员，顾毓琇（中排右二），闻一多（中排左二），梁实秋（中排左一）。

1930年，梁实秋任国立青岛大学外文系主任兼图书馆馆长。图为梁实秋与图书馆同仁一起。

梁实秋逃离北平后，乘坐民生公司轮船前往重庆。图为在轮船上与青年学生的合影。

1943年，程季淑携子女来北碚与梁实秋相聚。图为梁文骐、梁文蔷和吴景超的子女吴清可、吴清隽在雅舍山坡菜地的合影。

书房中的梁实秋怡然自乐。

目录

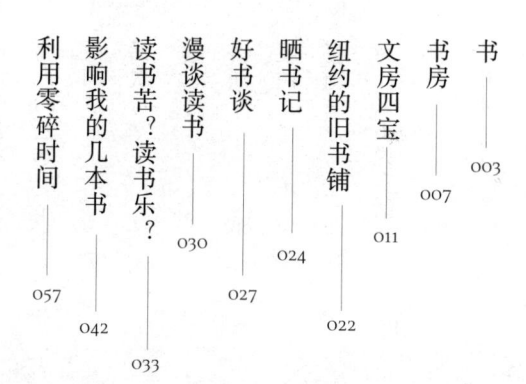

辑一 不俗也不瘦，餐食餐食笋煮肉

书 —— 003

书房 —— 007

文房四宝 —— 011

纽约的旧书铺 —— 022

晒书记 —— 024

好书谈 —— 027

漫谈读书 —— 030

读书苦？读书乐？ —— 033

影响我的几本书 —— 042

利用零碎时间 —— 057

辑二 你说的对对对啊对对对对

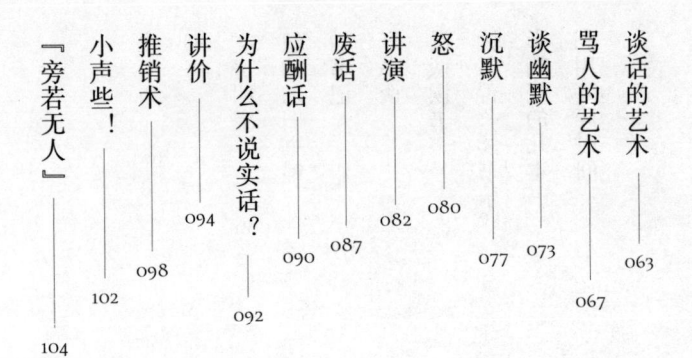

- 谈话的艺术 —— 063
- 骂人的艺术 —— 067
- 谈幽默 —— 073
- 沉默 —— 077
- 怒 —— 080
- 讲演 —— 082
- 废话 —— 087
- 应酬话 —— 090
- 为什么不说实话？—— 092
- 讲价 —— 094
- 推销术 —— 098
- 小声些！—— 102
- 「旁若无人」—— 104

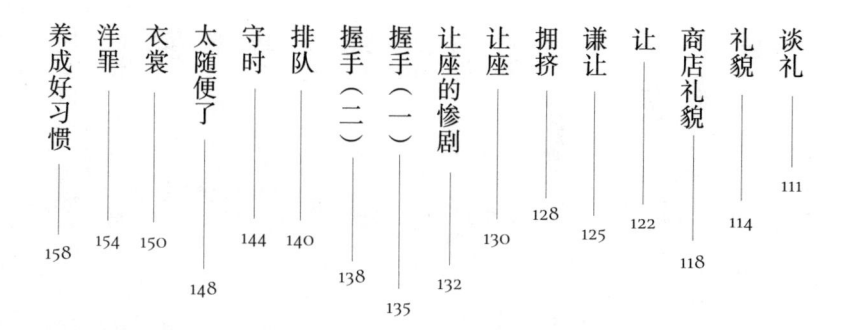

辑三

礼貌来源于何人者

- 谈礼 —— 111
- 礼貌 —— 114
- 商店礼貌 —— 118
- 让 —— 122
- 谦让 —— 125
- 拥挤 —— 128
- 让座 —— 130
- 让座的惨剧 —— 132
- 握手（一）—— 135
- 握手（二）—— 138
- 排队 —— 140
- 守时 —— 144
- 太随便了 —— 148
- 衣裳 —— 150
- 洋罪 —— 154
- 养成好习惯 —— 158

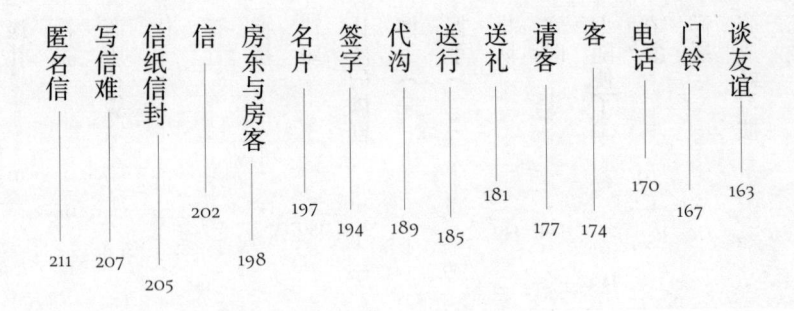

辑四

吾日三省
吾没有错

谈友谊 —— 163
门铃 —— 167
电话 —— 170
客 —— 174
请客 —— 177
送礼 —— 181
送行 —— 185
代沟 —— 189
签字 —— 194
名片 —— 197
房东与房客 —— 198
信 —— 202
信纸信封 —— 205
写信难 —— 207
匿名信 —— 211

不俗也不瘦
餐餐餐餐
笋煮肉

辑一

书,本身就有情趣,可爱,大大小小、形形色色的书,立在架上,放在案头,摆在枕边,无往而不宜。

笋煮肉

餐餐

不俗也不瘦

书

　　从前的人喜欢夸耀门第，纵不必家世贵显，至少也要是书香人家，才能算是相当的门望。书而曰香，盖亦有说。从前的书，所用纸张不外毛边、连史之类，加上松烟油墨，天长日久密不通风，自然生出一股气味，似沉檀非沉檀，更不是桂馥兰熏，并不沁人脾胃，亦不特别触鼻，无以名之，名之曰书香。书斋门窗紧闭，乍一进去，书香特别浓，以后也就不大觉得。现代的西装书，纸墨不同，好像有股煤油味，不好说是书香了。

　　不管香不香，开卷总是有益。所以世界上有那么多有书癖的人，读书种子是不会断绝的。买书就是一乐。旧日北平琉璃厂、隆福寺街的书肆最是诱人，你迈进门去向柜台上的伙计点点头便直趋后堂，掌柜的出门迎客，分宾主落座，慢慢地谈生意。不要小觑那位书贾，关于目录、版本之学他可能比你精。搜访图书的任务，他代你负担，只要他摸清楚了你的路数，一有所获，立刻专人把样函送到府上，合意留下翻看，不合意他拿走，和和气气。书价么，过节再说。在这样情形之下，一个读书人很难不染上"书淫"的毛病，等到四面卷轴盈满，连坐的地方都不容易匀让出来，那时候便可以顾盼自雄，酸溜溜地自叹："丈夫拥书万卷，何假南面百城？"现代我们买书比较方便，但是搜访的乐趣，搜访而偶有所获的快感，都相当地减少了。挤在书肆里浏览图书，本来应该是像牛吃嫩草，不慌不忙的，可是若有店伙眼睛紧盯着你，生怕你是一名雅贼，你也就不会怎样的从容，还是早些离开这是非之地好些。更有些书不裁毛边，干脆拒绝翻阅。

"郝隆七月七日，出日中仰卧。人问其故，曰：'我晒书。'"（见《世说新语》）郝先生满腹诗书，晒书和日光浴不妨同时举行。恐怕那时候的书在数量上也比较少，可以装进肚里去。司马温公也是很爱惜书的，他告诫儿子说："吾每岁以上伏及重阳间视天气晴明日，即净几案于当日所，侧群书其上以晒其脑。所以年月虽深，从不损动。"书脑即是书的装订之处，翻叶之处则曰书口。司马温公看书也有考究，他说："至于启卷，必先几案洁净，借以茵褥，然后端坐看之。或欲行看，即承以方版，未曾敢空手捧之，非惟手污渍及，亦虑触动其脑。每至看竟一版，即侧右手大指面衬其沿，随覆以次指面，捻而夹过，故得不至揉熟其纸。每见汝辈多以指爪撮起，甚非吾意。"（见《宋稗类钞》）我们如今的图书不这样名贵，并且装订技术进步，不像宋朝的"蝴蝶装"那样的娇嫩，但是读书人通常还是爱惜他的书，新书到手先裹上一个包皮，要晒，要揩，要保管。我也看见过名副其实的收藏家，爱书爱到根本不去读它的程度，中国书则锦函牙签，外国书则皮面金字，庋置柜橱，满室琳琅，真好像是琅嬛福地，书变成了陈设、古董。

有人说："借书一痴，还书一痴。"有人分得更细："借书一痴，惜书二痴，索书三痴，还书四痴。"大概都是有感于书之有借无还。书也应该深藏若虚，不可慢藏诲盗。最可恼的是全书一套借去一本，久假不归，全书成了残本。明人谢肇淛编《五杂俎》，记载一位"虞参政藏书数万卷，贮之一楼，在池中央，小木为彴，夜则去之。榜其门曰：'楼不延客，书不借人。'"这倒是好办法，可惜一般人难得有此设备。

读书乐，所以有人一卷在手，往往废寝忘食。但是也有人一看见书就哈欠连连，以看书为最好的治疗失眠的方法。黄庭坚说："人不读书，则尘俗生其间，照镜则面目可憎，对人则语言无味。"这也要看所读的是些什么书。如果读的尽是一些猥屑的东西，其人如何能有书卷气之可言？宋真宗皇帝的《劝学文》，实在令人难以入耳："富家不用买良田，书中自有千钟粟。安居不用架高堂，书中自有黄金屋。出门莫恨无人随，书中车马多如簇。娶妻莫恨无良媒，书中自有颜如玉。男儿欲遂平生志，六经勤向窗前读。"不过是把书当做敲门砖以遂平生之志，勤读六经，考场求售而已。十载寒窗，其中只是苦，而且吃尽苦中苦，未必就能进入佳境。倒是英国十九世纪的罗斯金，在他的《芝麻与白百合》第一讲里，劝人读书尚友古人，那一番道理不失雅人深致。古圣先贤，成群的名世的作家，一年四季地排起队来立在书架上面等候你来点唤，呼之即来，挥之即去；行吟泽畔的屈大夫，一邀就到；饭颗山头的李白、杜甫也会连袂而来；想看外国戏，环球剧院的拿手好戏都随时承接堂会；亚里士多德可以把他逍遥廊下的讲词对你重述一遍。这真是读书乐。

　　我们国内某一处的人最好赌博，所以讳言"书"，因为"书"与"输"同音，"读书"曰"读胜"。基于同一理由，许多地方的赌桌旁边忌人在身后读书。人生如博弈，全副精神去应付，还未必能操胜算。如果沾染书癖，势必呆头呆脑，变成书呆，这样的人在人生的战场之上怎能不大败亏输？所以我们要钻书窟，也还要从书窟钻出来。朱晦庵有句："书册埋头何日了，不如抛却去寻春。"是见道语，也是老实话。

书房

书房,多么典雅的一个名词!很容易令人联想到一个书香人家。书香是与铜臭相对待的。其实书未必香,铜亦未必臭。周彝商鼎,古色斑斓,终日摩挲亦不觉其臭,铸成钱币才沾染市侩味,可是不复流通的布泉刀错又常为高人赏玩之资。书之所以为香,大概是指松烟油墨印上了毛边连史,从不大通风的书房里散发出来的那一股怪味,不是桂馥兰熏,也不是霉烂馊臭,是一股混合的难以形容的怪味。这种怪味只有书房里才有,而只有士大夫家才有书房。书香人家之得名大概是以此。

寒窗之下苦读的学子多半是没有书房,囊萤凿壁的就更不用说。所以对于寒苦的读书人,书房是可望而不可即的豪华神仙世界。伊士珍《琅嬛记》:"张华游于洞宫,遇一人引至一处,别是天地,每室各有奇书,华历观诸室书,皆汉以前事,多所未闻者,问其地,曰:'琅嬛福地也。'"这是一位读书人希求冥想一个理想的读书之所,乃托之于神仙梦境。其实除了赤贫的人饔飧不继谈不到书房外,一般的读书人,如果肯要一个书房,还是可以好好布置出一个来的。有人分出一间房子养来亨鸡,也有人分出一间房子养狗,就是匀不出一间作书房。我还见过一位富有的知识分子,他不但没有书房,也没有书桌,我亲见他的公子趴在地板上读书,他的女公子用块木板在沙发上写字。

一个正常的良好的人家,每个孩子应该拥有一个书桌,主人应该拥有一间书房。书房的用途是庋藏图书并可读书写作于其间,不是用以公开展览藉以骄人的。"丈夫拥书万卷,何假南面百城!"这种话好像是很潇洒而狂傲,其实是心尚未安无可奈何的解嘲语,徒见其不丈夫。书房不在大,亦不在设备佳,适合自己的需要便是,局促在几尺宽的走廊一角,只要放得下一张书桌,依然可以作为一个读书写作的工厂,大量出货。光线要好,空气要流通,红袖添香是不必要的,既没有香,"素碗举,红袖长"反倒会令人心有别注。书房的大小好坏,和一个读书写作的成绩之多少高低,往往不成正比例。有好多著名作品是在监狱里写的。

我看见过的考究的书房当推宋春舫先生的褐木庐为第一,在青岛的一个小小的山头上,这书房并不与其寓邸相连,是单独的一栋。环境清幽,只有鸟语花香,没有尘嚣市扰。《太平清话》:"李德茂环积坟籍,名曰书城。"我想那书城未必能和褐木庐相比。在这里,所有的图书都是放在玻璃柜里,柜比人高,但不及栋。我记得藏书是以法文戏剧为主。所有的书都精装,不全是 buckram(胶硬粗布),有些是真的小牛皮装订(half calf, ooze calf, etc),烫金的字在书脊上排着队闪闪发亮。也许这已经超过了书房的标准,微近于藏书楼的性质,因为他还有一册精印的书目,普通的读书人谁也不会把他书房里的图书编目。

周作人先生在北平八道湾的书房,原名苦雨斋,后改为苦茶庵,不离苦的味道。小小的一幅横额是沈尹默写的。苦茶庵[①]是北平式的平房,书房占据了里院上房三间,两明一暗。里面一间是知堂老人读书写作之处,偶然也延客品茗。几净窗明,一尘不染。书桌上文房四宝井然有致。外面两间像是书库,约有十个八个书架立在中间,图书中西兼备,日文书数量很大。真不明白苦茶庵的老和尚怎么会掉进了泥淖一辈子洗不清!

闻一多的书房,和"闻一多先生的书桌"一样,充实、有趣而乱。他的书全是中文书,而且几乎全是线装书。在青岛的时候,他仿效青岛大学图书馆庋藏中文图书的办法,给成套的中文书装制蓝布面,用白粉写上宋体字的书名,直立在书架上。这样的装备应该是很整齐可观,但是主人要作考证,东一部西一部的图书便要从书架上取下来参加獭祭的行列了,其结果是短榻上、地板上,唯一的一把木根雕制的太师椅上,全都是书。那把太师椅玲珑邦硬,可以入画,不宜坐人,其实亦不宜于堆书,却是他书斋中最惹眼的一个点缀。

潘光旦在清华南院的书房另有一种情趣。他是以优生学专家

---

① 此三字为句式完整,由编者所添。

的素养来从事我国谱牒学研究的学者,他书房收藏的这类图书极富。他喜欢用书护,那就是用两块木板将一套书夹起来,立在书架上。他在每套书系上一根竹制的书签,签上写着书名。这种书签实在很别致,不知杜工部《将赴草堂途中有作》所谓"书签药裹封尘网"的书签是否即系此物。光旦一直在北平,失去了学术研究的自由,晚年丧偶,又复失明,想来他书房中那些书签早已封尘网了!

汗牛充栋,未必是福。丧乱之中,牛将安觅?多少爱书的人士都把他们苦心聚集的图书抛弃了,而且再也鼓不起勇气重建一个像样的书房。藏书而充栋,确有其必要,例如从前我家有一部小字本的图书集成,摆满上与梁齐的靠着整垛山墙的书架,取上层的书须用梯子,爬上爬下很不方便,可是充栋的书架有时仍是不可少。我来台湾后,一时兴起,兴建了一个连在墙上的大书架,邻居绸缎商来参观,叹曰:"造这样大的木架有什么用,给我摆列绸缎尺头倒还合用。"他的话是不错的,书不能令人致富。书还给人带来麻烦,能像郝隆那样七月七日在太阳底下晒肚子就好,否则不堪衣鱼之扰,真不如尽量的把图书塞入腹笥,晒起来方便,运起来也方便。如果图书都能作成"显微胶片"纳入腹中,或者放映在脑子里,则书房就成为不必要的了。

文房四宝

文房四宝，谓笔墨纸砚。《明一统志》："四宝堂在徽州府治，以郡出文房四宝为义。"这所谓郡，是指歙县。其实歙县并不以笔名，世所称"湖笔徽墨"，湖是指浙江省旧湖州府，不过徽州的文具四远驰名，所以通常均以四宝之名归之。宋苏易简撰《文房四宝谱》五卷，是最早记述文房四宝的专书。《牡丹亭·闺塾》："春香取文房四宝来模字。"《长生殿·制谱》："不免将文房四宝摆设起来。"是文房四宝一语沿用已久。

凡是读书人，无不有文房四宝，而且各有相当考究的文房四宝，因为这是他必需的工具。从启蒙到出而问世，离不开笔墨纸砚。现在的读书人，情形不同了，读书人不一定要镇日价关在文房里，他可能大部分时间要走进实验室，或是跑进体育场，或是下田去培植什么品种，或是上山去挖掘古坟，纵然有随时书写的必要，"将文房四宝摆设起来"的那种排场是不可能出现的了。至少文房四宝的形态有了变化。我们现在谈文房四宝，多少带有一些思古之幽情。

笔

　　《史记》曾记载，蒙恬筑长城，取中山兔毛造笔。所以我们一直以为我们现在使用的这种毛笔是蒙恬创造的，蒙恬以前没有毛笔。有人指出这个说法不对。毛笔的发明远在秦前。甲骨文里没有"笔"字，不能证明那个时代没有笔。殷墟发掘，内中有朱书的龟板（董作宾先生曾赠我一条幅，临摹一片龟板，就是用硃墨写的，记载着狩猎所得的兽物，龟脊以左的几行文字直行右行，其右的几行文字直行左行，甚为有趣）。看那笔迹，非毛笔不办。民国初年长沙一座战国时代古墓中，发现了一枝竹管毛笔，兔毛围在笔管一端的外面，用丝线缠起，然后再用漆涂牢。是战国时已有某种形式的毛笔了。蒙恬造笔，可能是指秦笔而言。晋崔豹《古今注》已有指陈，他说："自古有书契以来，便应有笔，世称蒙恬造笔，何也？答曰：'蒙恬造笔，即秦笔耳。'"所谓秦笔，是以四条木片做笔杆，而不是用竹，因为秦在西陲，其地不产竹。至于我们现代使用的毛笔究竟是始于何时，大概是无可考。韩愈的《毛颖传》不足为凭。

　　用兽毛制笔实在是一大发明。有了这样的笔，才有发展我们的书法画法的可能。《太平清话》："宋时有鸡毛笔、檀心笔、小儿胎发笔、猩猩毛笔、鼠尾笔、狼毫笔。"所谓小儿胎发笔，不知是否真有其事。我国人口虽多，搜集小儿胎发却非易事，就是猩猩的毛恐怕亦不多见。我们常用的毛是羊毫，取其软，有时又嫌太软，遂有七紫三羊或三紫七羊或五紫五羊的发明。紫毫是深紫色的兔毫，比较硬。白居易有一首《紫毫笔乐府》："紫毫笔，尖如锥兮利如刀。江南石上有老兔，吃竹饮泉生紫毫，宣城工人采为笔，千万毛中择一毫。"可见紫毫一向是很贵重的。我小时候常用的笔是"小毛锥"，写小字用，不知是什么毛做的，价钱便宜，用不了多久不是笔尖掉毛，就是笔头松脱。最可羡慕的是父亲书桌上笔架上插着的琉璃厂李鼎和"刚柔相济"，那就是七紫三羊，只有在父亲命我写"一柱香"式的红纸名帖的时候，才许我使用他的"刚柔相济"。这种七紫三羊，软中带硬，写的时候省力，写出来的字圆润。"刚柔相济"这个名字实在起得好。我的岳家开设的程五峰斋是北平一家著名老店，科举废后停业，肆中留下的笔墨不少，我享用了好多年，其中最使我快意的是毛笔"磨炼出精神"，原是写大卷用的笔，我拿来写信写稿，写白折子，真是一大享受。

　　常听人说："善书者不择笔。"我的字写不好，从来不敢怨笔不好。可是有一次看到珂罗版影印的朱晦庵的墨迹，四五寸大的行草，酣畅淋漓，近似"笔势飞举而字画中空"的飞白，我忽有所悟。朱老夫子这一笔字，绝不是普通的毛笔所能写出来的。史书记载："蔡邕诣鸿都门，时方修饰，见役人以垩帚成字，因归作飞白书。"朱老夫子写的近似飞白的字，所用的纵然不是垩帚，也必定是一种近似刷子的大笔。英文译毛笔为 brush（刷子），很难令人满意，其实毛笔也的确是个刷子，不过有个或长或短或软或硬溜尖的笔锋而已。画水彩画用的笔，也曾有人用以写字，而且写出来颇有奇趣。油漆匠用的排笔,也未尝不可借来大涂大抹一幅画的背景。毛笔是书画用的工具,不同的书画自然需要不同的笔。古代书家率多自己造笔,非如此不能满足他的需要。据说王右军用的是兔毫笔,都是经过他自己精选的赵国平原八九月间的兔子的毫,既长而锐。北方天气寒冷,其毫劲硬,所以右军的字才写得那样的挺秀多姿。大抵魏晋以至于唐,以兔毫为主,宋元以后书家偏重行草,乃以鼠毫羊毫为主。不过各家作风不同,用途不同,所用之笔亦异,不可一概而论。像沈石田的山水画,浓墨点苔非常出色,那著名的"梅花点"就不是一般画笔所能画得出来的,很可能是先用剪刀剪去了笔锋。

毛笔之妙,固不待言,我们中国的字画之所以能在世界上独树一帜,赖有毛笔为工具。不过毛笔实在不方便,用完了要洗,笔洗是不可少的,至少要有笔套,笔架笔筒也是少不了的。而且毛笔用不了多久必败,要换新的。僧怀素号称草圣,他用过的笔堆积如山,埋在地下,人称笔冢。那是何等的豪奢。欧阳修家贫,其母以荻画地教之学书。那又是何等的困苦。自从科举废,毛笔之普遍的重要性一落千丈,益以连年丧乱,士大夫流离颠沛,较简便的自来水笔、铅笔,以至于较近的球端笔(即俗谓原子笔)、毡头笔(即俗谓签字笔)乃代之而兴。制毛笔的技术也因之衰落。近来我曾搜购七紫三羊,无论是来自何方,均不够标准,都是以紫毫为心,秀出外露,羊毫嫌短,不能与紫毫浑融为一体,无复刚柔相济之妙。

这也是无可奈何之事。有穷亲戚某，略识之无，其子索钱买毛笔，云是教师严命，国文作文非用毛笔不可，某大怒曰："有铅笔即可写字，何毛笔为？"孩子大哭而去。画荻学书之事，已不可行于今日。此后毛笔之使用恐怕要限于临池的书家和国画家了。

墨

古时无墨。最初是以竹挺点漆，后来用石墨磨汁，汉开始用松烟制墨，魏晋之际松烟制墨之法益精，遂无再用石墨者。魏韦诞的合墨法："好醇烟捣讫，以细绢筛于缸。醇烟一斤以上。以胶五两，浸梣皮汁中。其皮入水，绿色，解胶，又益墨色，可下鸡子白去黄五枚。益以真珠一两，麝香一两，皆别治细筛。都合稠下铁臼中，宁刚不宜泽，捣三万杵，多益善。合墨不得过二月九日，重不得二两一。"古人制墨，何等考究。唐李廷珪为墨官，尝谓合墨一料需配真珠三两、玉屑一两，捣万杵。晚近需求日多，利之所在，粗制滥造，佳品遂少。历来文人雅士，每喜蓄墨，不一定用以临池，大多是以为把玩之资。细致的质地，沉着的色泽，高贵的形状，精美的雕镂题识，淡远的香气，使得墨成为艺术品。有些名家还自己制墨，苏东坡与贺方回都精研和胶之法。明清两代更是高手如云。而康熙、乾隆都爱文墨，除了所谓御墨如三希堂、墨妙轩之外，江南督抚之类封疆大吏希意承旨还按时照例进呈所谓贡墨，虽然阿谀奉承的奴才相十足，墨本身的制作却是很精的，偶有流布在外，无不视为珍品。《红楼梦》作者织造曹寅[①]也有镌着"兰台精英"四字的贡墨，为蓄墨者所乐道。至于谈论墨品的专书，则宋有晁季一之《墨经》、李孝美之《墨谱》，明有陆友之《墨史》等，清代则谈墨之书不可胜计。

墨究竟是为用的，不是为玩的。而且玩墨也玩不了多久。苏东坡诗："此墨足支三十年，但恐风霜侵发齿。非人磨墨墨磨人，瓶应未罄罍先耻。"《苕溪渔隐丛话》："东坡云：'石昌言蓄李廷珪墨，不许人磨。或戏之云：子不磨墨，墨将磨子。今昌言墓木拱矣，而墨固无恙。'"墨之精品，舍不得磨用，此亦人情之常。民初北平兵变，当铺悉遭劫掠，肆中所藏旧墨散落在外，家君曾收得大小数十笏，皆锦盒装裹，精美豪华。其形状除了普通的长方形圆柱形等之外，还有仿钟、鼎、尊、磬诸般彝器之作。质坚烟细，神采焕然。这样的墨，怎舍得磨？至于那些墨上镌刻的何人恭进，我当时认为无关重要，现已不复记忆了。

书画养性，至堪怡悦，唯磨墨一事为苦。磨墨不能性急，要缓缓的一匝匝地软磨，急也没用，而且还会墨汁四溅。昔人有云："磨墨如病儿，把笔如壮夫。"懒洋洋地磨墨是像病儿似的有气无力的样子。不过也有人说，磨墨的时候正好构想。《林下偶谈》："唐王勃属文，初不精思，先磨墨数升。"也许那磨墨正是精思的时刻。听人说，绍兴师爷动笔之前必先磨墨，那也许是在

[①] 即"江宁织造曹寅"，曹寅是曹雪芹的祖父。此处应意为曹雪芹的祖父也有贡墨。编者注。

盘算他的刀笔如何在咽喉处着手吧？也有人说，作书画之前磨墨，舒展指腕的筋骨，有利于挥洒，不过那也要看各人的体力，弱不禁风的人磨墨数升，怕搦管都有问题，只能作颤笔了。

笔要新，墨要旧。如今旧墨难求，且价绝昂。近有人贻我坊间仿制"十八学士"一匣、"睢阳五老"一匣，只看那镂刻粗糙，金屑浮溢之状，就可以知道墨质如何。能没有臭腥之气，就算不错。

纸

蔡伦造纸，见《后汉书·蔡伦传》："自古书契多编以竹简，其用缣帛者谓之为纸。缣贵而简重，并不便于人。伦乃造意，用树肤、麻头及敝布、渔网以为纸。元兴元年（西历一〇五年）奏上之，帝善其能。自是莫不从用焉，故天下咸称蔡侯纸。"蔡伦是东汉和帝时的一名宦官，亏他想出以植物纤维造纸的方法。造纸的原料各地不同，据苏易简《纸谱》说："蜀人以麻，闽人以嫩竹，北人以桑皮，剡溪人以藤，海人以苔，浙人以麦面稻秆，吴人以茧，楚人以楮为纸。"多是植物性纤维，就地取材。我国的造纸术，于蔡伦后六百多年传到中亚，再经四百年传到欧洲，这一伟大发明使全世界蒙受其利，是值得大书特书的事。

文人最重视的纸是宣纸，产自安徽宣州，今宣城县[①]，故名。

[①] 今为宣城市。编者注。

《绩溪县志》:"南唐李后主,留心翰墨,所用澄心堂纸,当时贵之。而南宋亦以入贡。是澄心堂纸之出绩溪,其著名久矣。"案近人考证澄心堂,在今安徽绩溪县艺林寺临溪小学附近,与李后主宫内之澄心堂根本不是一个地方。李后主用绩溪的澄心堂纸,但是他没有制作澄心堂纸。宫中燕乐之地,似不可能设厂造纸。《文房四谱》:"黟、歙间多良纸,有凝霜、澄心之号。复有长可五十尺为一幅。盖歙民数百埋其楮,然后于长船中以浸之,数十夫举杪以抄之。旁一夫以鼓节之。于是以大薰笼周而焙之,不上于墙壁也。由是自首至尾匀整如一。"澄心堂纸幅大者,特宜于大幅书画之用。不过真的澄心堂纸早已成为希罕之物,北宋时即已不可多见。《六一诗话》:"余家尝得南唐后主之澄心堂纸……"视为珍宝。宋刘攽(贡父)诗:"当时百金售一幅,澄心堂中千万轴。后人闻此那复得,就使得之当不识!"如今侈言澄心堂,几人见过真面目?

旧纸难得,黠者就制造赝品,薰之染之,也能古色古香的混充过去,用这种纸易于制作假字画蒙骗世人。这应该算是文人无行的一例,故宫曾流出一批大幅旧纸,被作伪的画家抢购一空。

宣纸有生熟之别,有单宣夹贡之分。互有利弊,各随所好而已。古人喜用熟纸,近人偏爱生纸。生纸易渗水墨,笔头水分要控制得宜,于湿干浓淡之间显出挥洒的韵味。尝见有人作画,急欲获致水墨渗渲的效果,不断地以口吮毫,一幅画成,舌面尽黑。工笔画,正楷书,皆宜熟纸。不过亦不尽然,我看见过徐青藤花卉册页的复制品，看那淋漓的水渲墨晕，不像是熟纸。

文人题诗或书简多喜自制笺纸，唐名妓薛涛利用一品质特佳的井水制成有名的薛涛笺，李商隐所云"浣花笺纸桃花色，好好题诗咏玉钩"，大概就是这种纸。明末盛行花笺，素宣之上加以藻绘，花卉、山水、人物，以及铜玉器之模形，穷工极妍，相习成风。饾板采色的"十竹斋笺谱""萝轩变古笺谱"可推为代表作。二十世纪初北京荣宝斋等南纸店发售之笺纸，间更有模印宋版书之断简零篇者，古色古香，甚有意趣。近有嗜杨小楼剧艺而集其多幅戏报为笺纸者，亦别开生面之作。

自毛笔衰歇之后，以宣纸制做之笺纸亦渐不流行，偶有文士搜集，当作版画一般的艺术品看待。周作人的书信好像是一直维持用毛笔笺纸，徐志摩、杨今甫、余上沅诸氏也常保持这种作风。至于稿纸之使用宣纸者，自梁任公先生之后我不知尚有何人。新月书店始制稿纸，采胡适之先生意见，单幅大格宽边，有宣边、毛边、道林三种，其中宣纸一种，购者绝少，后遂不复制。

砚

砚居四宝之末，但是同等重要。广东高要县[①]端溪所产之砚号称端砚，为世所称，其中以斧柯山的石头最为难得，虽然大不过三四指，但是只有冬天水涸的时候才可一人匍匐进入洞口采石，苏

---

① 今为高要市。编者注。

东坡所说"千夫挽绠，百夫运斤，篝火下缒，以出斯珍"，可以说明端砚之所以珍贵。与端砚齐名的是歙砚，产地在今之江西婺源县之歙溪。如今无论是端砚或歙砚，都因为历年来开采，罗掘俱穷，已不可多得，吾人只能于昔人著述中略知其一二，例如宋米芾之《砚史》、高似孙之《砚笺》，以及南宋无名氏之《砚谱》等。

历代文人及收藏家多视佳砚为拱璧。南唐官砚，现在日本，《广仓研录》以此砚为所著录名砚百数十方拓本之首，是现存古砚之最古老最珍贵者。宋人苏东坡的有邻堂遗砚，及米芾的紫金砚等都是极为有名的。所谓良砚，第一是要发墨，因其石之质地坚细适度，磨墨不费时，轻磨三二十下，墨沈浓浓。而且墨愈坚则发墨愈速，佳砚佳墨乃相得而益彰。除了发墨之外还要不伤笔，笔尖软而砚石糙则笔易受损。并且磨起不可有沙沙的声响。磨成墨汁后要在相当久的时间内不渗不干。能有这几项优异的功能便是一方佳砚，初不必问其是端是歙。

我家有一旧砚，家君置在案头使用了几十年，长约尺许，厚几二寸，砚瓦微陷，砚池雕琢甚细，池上方有石眼，左右各雕一龙，作二龙戏珠状。这个石眼有瞳孔，有黄晕，算不算得是"活眼"我就不知道了。家君又藏有桂未谷模写的蝇头隶书汉碑的拓本若干幅，都是刻在砚石上的，写得好，刻得精，拓得清晰，裱褙装裹均极考究，分四大函。张迁、曹全、白石神君、天发神谶、孔宙等等无不俱备。观此拓片，令人神往，原来的石砚不知流落何方了。

/ 辑一 /
不俗也不瘦，餐餐笋煮肉

我初来台湾，求一可用之砚亦不易得。有人贻我塑胶砚一方，令人啼笑皆非。菁清雅好文玩，既示我以其所藏之三希堂法帖，又出其所藏旧砚多方，供我使用。尤其妙者，菁清尝得一新奇之砚滴，形如废电灯泡，顶端黄铜螺旋，扭开即可注水，中有小孔，可滴水于砚面或砚池，胜似昔之砚蟾。陆放翁有句："自烧熟火添新兽，旋把寒泉注砚蟾。"我之新型砚蟾，注水可长期滴用，方便多多。从此文房四宝，虽不求精，大致粗备。调墨弄笔，此其时矣。

纽约的旧书铺

我所看见的在中国号称"大"的图书馆，有的还不如纽约下城十四街的旧书铺。纽约的旧书铺是极引诱人的一种去处，假如我现在想再到纽约去，旧书铺是我所要首先去流连的地方。

有钱的人大半不买书，买书的人大半没有多少钱。旧书铺里可以用最低的价钱买到最好的书。我用三块五角钱买到一部 Jowett[①] 译的《柏拉图全集》，用一块钱买到第三版的《亚里士多德之诗与艺术的学说》，就是最著名的那个 Butcher[②] 的译本——这是我买便宜书之最高的纪录。

罗斯丹的戏剧全集，英文译本，有两大厚本，定价想来是不便宜，有一次我陪着一位朋友去逛旧书铺，在一家看到全集的第一册，在另一家又看到全集的第二册，我们便不动声色地用五角钱买了第一册，又用五角钱买了第二册。用同样的方法我们在三家书铺又拼凑起一部《品内罗戏剧全集》。后来我们又想如法炮制拼凑一

[①] 乔伊特，即本杰明·乔伊特，英国学者、古典学家、神学家，以译介柏拉图作品而闻名于世。编者注。
[②] 布彻。编者注。

部《易卜生全集》,无奈工作太伟大了,没有能成功。

别以为买旧书是容易事。第一,你这两条腿就受不了,串过十几家书铺以后,至少也要三四个钟头,则两腿谋革命矣。饿了的时候,十四街有的是卖"热狗"的,腊肠似的鲜红的一条肠子夹在两瓣面包里,再涂上一些芥末,颇有异味。再看看你两只手,可不得了,至少有一分多厚的灰尘。然后你左手挟着一包,右手提着一包,在地底电车里东冲西撞的踉跄而归。

书铺老板比买书的人精明。什么样的书有什么样的行市,你不用想骗他。并且买书的时候还要仔细,有时候买到家来便可发现版次的不对,或竟脱落了几十页。遇到合意的书不能立刻就买,因为顶痛心的事无过于买妥之后走到别家价钱还要便宜;也不能不立刻就买,因为才一回头的工夫,手长的就许先抢去了。这里面颇有一番心机。

在中国买英文书,价钱太贵还在其次,简直就买不到。因此我时常忆起纽约的旧书铺。

晒书记

《世说新语》:"郝隆七月七日,出日中仰卧。人问其故,曰:'我晒书。'"

我曾想,这位郝先生直挺挺地躺在七月的骄阳之下,晒得浑身滚烫,两眼冒金星,所为何来?他当然不是在作日光浴,书上没有说他脱光了身子。他本不是刘伶那样的裸体主义者。我想他是故作惊人之状,好引起"人问其故",他好说出他的那一句惊人之语"我晒书"。如果旁人视若无睹,见怪不怪,这位郝先生也只好站起来拍拍衣服上的灰尘而去。郝先生的意思只是要向侪辈夸示他的肚里全是书。书既装在肚里,其实就不必晒。

不过我还是很羡慕郝先生之能把书藏在肚里,至少没有晒书的麻烦。我很爱书,但不一定是爱读书。数十年来,书也收藏了一点,可是并没有能尽量的收藏到肚里去。到如今,腹笥还是很俭。所以读到《世说新语》这一则,便有一点惭愧。

先严在世的时候,每次出门回来必定买回一包包的书籍。他喜欢研究的主要是小学,旁及于金石之学,积年累月,收集渐多。

/ 辑一 /
不俗也不瘦，餐餐笋煮肉

我少时无形中亦感染了这个嗜好，见有合意的书即欲购来而后快。限于资力学力，当然谈不到什么藏书的规模。不过汗牛充栋的情形却是体会到了，搬书要爬梯子，晒一次书要出许多汗，只是出汗的是人，不是牛。每晒一次书，全家老小都累得气咻咻然，真是天翻地覆的一件大事。见有衣鱼蛀蚀，先严必定蹙额太息，感慨地说："有书不读，叫蠹鱼去吃也罢。"刻了一颗小印，曰"饱蠹楼"，藏书所以饱蠹而已。我心里很难过，家有藏书而用以饱蠹，子女不肖，贻先人羞。

丧乱以来，所有的藏书都弃置在家乡，起先还叮嘱家人要按时晒书，后来音信断绝也就无法顾到了。仓皇南下之日，我只带了一箱书籍，辗转播迁，历尽艰苦。曾穷三年之力搜购杜诗六十余种版本，闲体积过大亦留在大陆。从此不敢再作藏书之想。此间炎热，好像蠹鱼繁殖特快，随身带来的一些书籍竟被蛀蚀得体无完肤，情况之烈前所未有。日前放晴，运到阶前展晒，不禁想起从前在家乡晒书，往事历历，如在目前。南渡诸贤，新亭对泣，联想当时确有不得不然的道理在。我正在佝偻着背一册册地拂拭，有客适适然来，看见阶上阶下五色缤纷的群籍杂陈，再看到书上蛀蚀透背的惨状，对我发出轻微的嘲笑道："读书人竟放任蠹虫猖狂乃尔！"我回答说："书有未曾经我读，还需拿出曝晒，正有愧于郝隆；但是造物小儿对于人的身心之蛀蚀，年复一年，日益加深，使人意气消沉，使人形销骨毁，其惨烈恐有甚于蠹鱼之蛀书本者。

人生贵适意，蠹鱼求一饱，两俱相忘，何必戚戚？"客嘿然退。乃收拾残卷，抱入室内，而内心激动，久久不平。想起饱蠹楼前趋庭之日，自惭老大，深愧未学，忧思百结，不得了脱。夜深人静，爰濡笔为之记。

好书谈

从前有一个朋友说，世界上的好书，他已经读尽，似乎再没有什么好书可看了。当时许多别的朋友不以为然，而较长一些的朋友就更以为狂妄。现在想想，却也有些道理。

世界上的好书本来不多，除非爱书成癖的人（那就像抽鸦片抽上瘾一样），真正心悦诚服地手不释卷，实在有些稀奇。还有一件最令人气短的事，就是许多最伟大的作家往往没有什么凭借，但却做了后来二三流的人的精神上的财源了。柏拉图、孔子、屈原，他们一点一滴，都是人类的至宝，可是要问他们从谁学来的，或者读什么人的书而成就如此，恐怕就是最善于说谎的考据家也束手无策。这事有点怪！难道真正伟大的作家，读书不读书没有什么关系么？读好书或读坏书也没有什么影响么？

叔本华曾经说好读书的人就好像惯于坐车的人，久而久之，就不能在思想上迈步了。这真唤醒人的迷梦不小！小说家瓦塞曼竟又说过这样的话，认为倘若为了要鼓起创作的勇气，只有读二流的作品。因为在读二流的作品的时候，他可以觉得只要自己一动手就准强，倘读第一流的作品却往往叫人减却了下笔的胆量。这话也不能说没有部分的真理。

也许世界上天生有种人是作家，有种人是读者。这就像天生有种人是演员，有种人是观众；有种人是名厨，有种人却是所谓"老饕"。演员是不是十分热心看别人的戏，名厨是不是爱尝别人的菜，我也许不能十分确切地肯定，但我见过一些作家，却确乎不大爱看别人的作品。如果是同时代的人，更如果是和自己的名气不相上下的人，大概尤其不愿意寓目。我见过一个名小说家，他的桌上空空如也，架上仅有的几本书是他自己的新著，以及自己所编过的期刊。我也曾见过一个名诗人（新诗人），他的唯一读物是《唐诗三百首》，而且在他也尽有多余之感了。这也不一定只是由于高傲，如果分析起来，也许是比高傲还复杂的一种心理。照我想，也许是真像厨子（哪怕是名厨），天天看见油锅油勺，就腻了。除非自己逼不得已而下厨房，大概再不愿意去接触这些家伙，甚而不愿意见一些使他可以联想到这些家伙的物事。职业的辛酸，也有时是外人不晓得的。唐代的阎立本不是不愿意自己的儿子再做画师么？以教书为生活的人，也往往看见别人在声嘶力竭地讲授，就会想到自己，于是觉得"惨不忍闻"。做文章更是一桩呕心血的事，成功失败都要有一番产痛，大概因此之故不忍读他人的作品了。

撇开这些不说，站在一个纯粹读者而论，却委实有好书不多的实感。分量多的书，糟粕也就多。读读杜甫的选集十分快意，虽然有些佳作也许漏过了选者的眼光。读全集怎么样？叫人头痛的作品依然不少。据说有把全集背诵一字不遗的人，我想这种人不是缺乏美感，就只是为了训练记忆。顶讨厌的集子更无过于陆放翁，分量那么大，而佳作却真寥若晨星。反过来，《古诗十九首》、郭璞《游仙诗》十四首却不能不叫人公认为人类的珍珠宝石。钱锺书的小说里曾说到一个产量大的作家，在房屋恐慌中，忽然得到一个新居，满心高兴，谁知一打听，才知道是由于自己的著作汗牛充栋的结果，把自己原来的房子压塌，而一直落在地狱里了。这话诚然有点刻薄，但也许对于像陆放翁那样不知趣的笨伯有一点点儿益处。

  古今来的好书，假若让我挑选，我举不出十部。而且因为年龄、环境的不同，也不免随时有些更易。单就目前论，我想是《柏拉图对话集》《论语》《史记》《世说新语》《水浒传》《庄子》《韩非子》，如此而已。其他的书名，我就有些踌躇了。或者有人问，你自己的著作可以不可以列上？我很悲哀，我只有毫不踌躇地放弃附骥之想了。一个人有勇气（无论是糊涂或欺骗）是可爱的，可惜我不能像上海某名画家，出了一套世界名画选集，却只有第一本，那就是他自己的"杰作"！

一九四七年十一月二十九日，北平

漫谈读书

我们现代人读书真是幸福。古者"著于竹帛谓之书",竹就是竹简,帛就是缣素。书是希罕而珍贵的东西。一个人若能垂于竹帛,便可以不朽。孔子晚年读《易》,韦编三绝,用韧皮贯联竹简,翻来翻去以至于韧皮都断了,那时候读书多么吃力!后来有了纸,有了毛笔,书的制作比较方便,但在印刷之术未行以前,书的流传完全是靠抄写。我们看看唐人写经,以及许多古书的钞本,可以知道一本书得来非易。自从有了印刷术,刻版、活字、石印、影印,乃至于显微胶片,读书的方便无以复加。

物以希为贵。但是书究竟不是普通的货物。书是人类的智慧的结晶、经验的宝藏,所以尽管如今满坑满谷的都是书,书的价值不是用金钱可以衡量的。价廉未必货色差,畅销未必内容好。书的价值在于其内容的精到。宋太宗每天读《太平御览》等书二卷,漏了一天则以后追补。他说:"开卷有益,朕不以为劳也。"这是"开卷有益"一语之由来。《太平御览》采集群书一千六百余种,分为五十五门,历代典籍尽萃于是,宋太宗日理万机之暇日览两卷,当然可以说是"开卷有益"。如今我们的书太多了,纵不说粗制滥造,至少是种类繁多,接触的方面甚广。我们读书要有抉择,否则不但无益而且浪费时间。

那么读什么书呢?这就要看各人的兴趣和需要。在学校里,如果能在教师里遇到一两位有学问的,那是最幸运的事,他能适当地指点我们读书的门径。离开学校就只有靠自己了。读书,永远不恨其晚。晚,比永远不读强。有一个原则也许是值得考虑的:作为一个道地的中国人,有些部书是非读不可的。这与行业无关,理工科的、财经界的、文法门的,都需要读一些蔚成中国文化传统的书。经书当然是其中重要的一部分,史书也一样的重要。盲目的读经不可以提倡,意义模糊的所谓"国学"亦不能餍现代人之望。一系列的古书是我们应该以现代眼光去了解的。

黄山谷说:"人不读书,则尘俗生其间,照镜则面目可憎,对人则语言无味。"细味其言,觉得似有道理。事实上,我们所看到的人,确实是面目可憎语言无味的居多。我曾思索,其中因果关系安在?何以不读书便面目可憎语言无味?我想也许是因为读书等于是尚友古人,而且那些古人著书立说必定是一时才俊,与古人游不知不觉受其熏染,终乃收改变气质之功,境界既高,胸襟既广,脸上自然透露出一股清醇爽朗之气,无以名之,名之曰书卷气。同时在谈吐上也自然高远不俗。反过来说,人不读书,则所为何事?大概是陷身于世网尘劳,困厄于名缰利锁,五烧六蔽,苦恼烦心,自然面目可憎，焉能语言有味？

当然，改变气质不一定要靠读书。例如，艺术家就另有一种修为。"伯牙学琴于成连先生，三年不成。成连云吾师方子春今在东海中，能移人情。乃与伯牙偕往，到蓬莱山，留伯牙宿，曰：'子居习之，吾将迎师。'刺船而去，旬时不返。伯牙延望无人，但闻海水㴽洞崩坼之声，山林窅冥，群鸟悲号，怆然叹曰：'先生将移我情。'乃援琴而歌，曲成，成连刺船迎之而返。伯牙之琴，遂妙天下。"这一段记载，写音乐家之被自然改变气质，虽然神秘，不是不可理解的。禅宗教外别传，根本不立文字，靠了顿悟即能明心见性。这究竟是生有异禀的人之超绝的成就。以我们一般人而言，最简便的修养方法还是读书。

书，本身就有情趣，可爱，大大小小、形形色色的书，立在架上，放在案头，摆在枕边，无往而不宜。好的版本尤其可喜。我对线装书有一份偏爱。吴稚晖先生曾主张把线装书一律丢在茅厕坑里，这偏激之言令人听了不大舒服。如果一定要丢在茅厕坑里，我丢洋装书，舍不得丢线装书。可惜现在线装书很少见了，就像穿长袍的人一样的希罕。几十年前我搜求杜诗版本，看到古逸丛书影印宋版蔡孟弼《草堂诗笺》，真是爱玩不忍释手，想见原本之版面大，刻字精，其纸张墨色亦均属上选。在校勘上笺注上此书不见得有多少价值，可是这部书本身确是无上的艺术品。

读书苦？读书乐？

从开蒙说起

读书苦？读书乐？一言难尽。

从前读书自识字起。开蒙时首先是念字号，方块纸上写大字，一天读三五个，慢慢增加到十来个，先是由父母手写，后来书局也有印制成盒的，背面还往往有画图，名曰看图识字。小孩子淘气，谁肯沉下心来一遍一遍地认识那几个单字？若不是靠父母的抚慰，甚至糖果的奖诱，我想孩子开始识字时不会有多大的乐趣。

光是认字还不够，需要练习写字，于是以描红模子开始，"上大人，孔乙己，化三千……"，再不就是"一去二三里，烟村四五家，亭台六七座，八九十枝花"，或是"王子去求仙，丹成上九天，洞中才一日，世上几千年"。手搦毛笔管，硬是不听使唤，若不是先由父母把着小手写，多半就会描出一串串的大黑猪。事实上，没有一次写字不曾打翻墨盒砚台弄得满手乌黑，狼藉不堪。稍后写小楷，白折子乌丝栏，写上三五行就觉得很吃力。大致说来，写字还算是愉快的事。

进过私塾或从"人、手、足、刀、尺"读过初小教科书的人，对于体罚一事大概不觉陌生。念背打三部曲，是我们传统的教学法。一目十行而能牢记于心，那是天才的行径。普通智商的儿童，非打是很难背诵如流的。英国十八世纪的约翰孙博士就赞成体罚，他说那是最直截了当的教学法，颇合于我们所谓"扑作教刑"之意。私塾老师大概都爱抽旱烟，一二尺长的旱烟袋总是随时不离手的，那烟袋锅子最可怕，白铜制，如果孩子背书疙疙瘩瘩的上气不接下气，当心那烟袋锅子敲在脑袋壳上，砰的一声就是一个大包。谁疼谁知道。小学教室讲台桌子抽屉里通常藏有戒尺一条，古所谓榎楚，也就是竹板一块，打在手掌上其声清脆，感觉是又热又辣又麻又疼。早年的孩子没尝过打手板的滋味的大概不太多。如今体罚悬为禁例，偶一为之便会成为新闻。现代的孩子比较有福了。

从前的孩子认字，全凭记忆，记不住便要硬打进去。如今的孩子读书，开端第一册是先学注音符号，这是一大改革。本来是，先有语言，后有文字。我们的文字不是拼音的，虽然其中一部分是形声字，究竟无法看字即能读出声音，或是发音即能写出文字。注音符号（比反切高明多了）是帮助把语言文字合而为一的一种工具，对于儿童读书实在是无比的方便。我们中国的文字不是没有严密的体系，所谓六书即是一套提纲挈领的理论，虽然号称"小学"，小学生谁能理解其中的道理？《说文解字》五百四十个部首就会使得人晕头转向。章太炎编了一个《部首歌》："一、上、三、示、王、玉、珏……"煞费苦心,谁能背得上来?陈独秀编了一部《小学识字读本》(台湾印行改名为《文字新论》),是文字学方面一部杰出的大作,但是显然不是适合小学识字的读本。我们中国的语言文字,说难不难,说易不易,高本汉说过这样一段话:

> 北京语实在是一种最可怜的方言,总共只有四百二十个音缀;普通的语词不下有四千个,这四千多个的语词,统须支配于四百二十个音缀当中。同音语词的增进,使听受者受了极大的困难,于此也可以想见了……(见《中国语与中国文》)

这是外国人对外国人所说的话,我们中国儿童国语娴熟,四声准确,并不觉得北京语"可怜"。我们的困难不在语言,在语言与文字之间的不易沟通。所以读书从注音符号开始,这方法是绝对正确的。

《三字经》《百家姓》《千字文》是旧式的启蒙的教材。《百家姓》有其实用价值,对初学并不相宜,且置勿论。《三字经》《千字文》都编得不错,内容丰富妥当,而且文字简练,应该是很好的教材,所以直到今日还有人怀念这两部匠心独运的著作,但是对于儿童并不相宜。孩子懂得什么"人之初,性本善","天地玄黄,宇宙洪荒"?民国初年,我在北平陶氏学堂读过一个时期的小学,记得国文一课是由老师领头高吟"击鼓其镗,踊跃用兵,土国城漕,我独南行……",全班一遍遍地循声朗诵,老师喉咙干了,就指派一个学生(班长之类)代表他领头高吟。朗诵一个小时,下课。

好多首诗经作品就是这样的注入我的记忆,可是过了五六十年之后自己摸索才略知那几首诗的大意。小时候多少时间都浪费掉了。教我读《诗经》的那位老师的姓名已不记得,他那副不讨人敬爱的音容道貌至今不能忘!

新式的语文教科书顾及儿童心理及生活环境,读起来自然较有趣味。民初的国文教科书,"一人二手,开门见山,山高日小,水落石出……","一老人,入市中,买鱼两尾,步行回家……"这一类课文还多少带有一点文言的味道。后来仿效西人的作风,就有了"小猫叫,小狗跳……"一类的句子,为某些人所诟病。其实孩子喜欢小动物,由此而入读书识字之门,亦未可厚非。抗战初期我曾负责主编一套中小学教科书,深知其中艰苦,大概越是初级的越是难于编写,因为牵涉到儿童心理与教学方法。现在台湾使用的"国立编译馆"编印的中小学教科书,无论在内容上或印刷上较前都日益进步,学生面对这样的教科书至少应该不至于望而生畏。

纪律与兴趣

高中与大学一二年级是读书求学的一个很重要阶段。现在所谓"读书",和从前所谓"读圣贤书"意义不同,所读之书范围较广,学有各门各科,书有各种各类。但是国、英、算是基本学科,这三门不读好,以后荆棘丛生,一无是处。而这三门课,全无速成之方,必须按部就班,耐着性子苦熬。读书是一种纪律,谈不到什么兴趣。

梁启超先生是我所敬仰的一位学者，他的一篇《学问与兴趣》广受大众欢迎，很多人读书全凭兴趣，无形中受了此文的影响。我也是他所影响到的一个。我在清华读书，窃自比附于"少小爱文辞"之列，对于数学不屑一顾，以为性情不近，自甘暴弃，勉强及格而已。留学国外，学校当局强迫我补修立体几何及三角二课。我这才知道发愤补修。可巧我所遇到的数学老师，是真正循循善诱的一个人，他讲解一条定律一项原理，不厌其详，远譬近喻的要学生彻底理解而后已。因此我在这两门课中居然培养出兴趣，得到优异的成绩，蒙准免予参加期终考试。我举这一个例，为的说明一件事，吾人读书上课，无所谓性情近与不近，无所谓有无兴趣。读书上课就是纪律，越是自己不喜欢的学科，越要加倍鞭策自己努力钻研。克制自己欲望的这一套功夫，要从小时候开始锻炼。读书求学，自有一条正路可循，由不得自己任性。梁启超先生所倡导趣味之说，是对有志研究学问的人士说教，不是对读书求学的青年致词。

一般人称大学为最高学府，易令人滋生误解，大学只是又一个读书求学的阶段，直到毕业之日才可称之为做学问的"开始"。大学仍然是一个准备阶段，大学所讲授的仍然是基本知识。所以大学生在读书方面没有多少选择的自由，凡是课程规定的以及教师指定的读物是必须读的。青年人常有反抗的心理，越是规定必须读的，越是不愿去读，宁愿自己去海阔天空的穷搜冥讨。到头来是枉费精力自己吃亏，五四时代而不知所从。张之洞的《书目答问》不足以餍所望。有一天几个同学和我以《清华周刊》记者的名义进城去就教于北大的胡适之先生，胡先生慨允为我们开一个最低的国学必读书目，后来就发表在《清华周刊》上。内容非常充实，名为最低，实则庞大得惊人。梁启超先生看到了，凭他渊博的学识开了一个更详尽的书目。没有人能按图索骥的去读，能约略翻阅一遍认识其中较重要的人名书名就很不错了。吴稚晖先生看到这两个书目，气得发出一切线装书都丢进茅坑里去的名言！现在想想，我们当时惹出来的这个书目风波，倒也不是什么坏事，只是好高骛远不切实际罢了。我们的举动表示我们不肯枯守学校规定的读书纪律，而对于更广泛更自由的读书的要求开始展露了天真的兴趣。

书到用时方恨少

我到三十岁左右开始以教书为业的时候，发现自己学识不足，读书太少，应该确有把握的题目东一个窟窿西一个缺口，自己没有全部搞通，如何可以教人？既已荒疏于前，只好恶补于后，而恶补亦非易易。我忘记是谁写的一幅对联："书有未曾经我读，事无不可对人言！"很有意思，下句好像是左宗棠的，上句不知是谁的。这副对联表面上语气很谦逊，细味之则自视甚高。以上句而论，天下之书浩如烟海，当然无法遍读，而居然发现自己尚有未曾读过之书，则其已经读过之书必已不在少数，这口气何等狂傲！我爱这句话，不是因为我也感染了几分狂傲，而是因为我确实知道自己的谫陋，许多该读而未读的书太多，故此时时记挂着这句名言，勉励自己用功。

我自三十岁才知道自动地读书恶补。恶补之道首要的是先开列书目，何者宜优先研读，何者宜稍加参阅，版本问题也是非常重要。此时我因兼任一个大学的图书馆长，一切均在草创，经费甚为充足，除了国文系以外各系申请购书并不踊跃，我乃利用机会在英国文学图书方面广事购储。标准版本的重要典籍以及参考用书乃大致齐全。有了书并不等于问题解决，要逐步一本一本的看。我哪里有充分时间读书？我当时最羡慕英国诗人米尔顿，他在大学卒业之后听从他父亲的安排到郝尔顿乡下别墅下帷读书五年之久，大有董仲舒三年不窥园之概，然后他才出而问世。我的父亲也曾经对我有过类似的愿望，愿我苦读几年书，但是格于环境，事与愿违。我一面教书，一面恶补有关的图书，真所谓是困而后学。例如莎士比亚剧本，我当时熟悉的不超过三分之一，例如米尔顿，我只读过前六卷。这重大的缺失，以后才得慢慢弥补过来。至于国学方面更是多少年茫然不知如何下手。

读书乐

读书好像是苦事，小时嬉戏，谁爱读书？既读书，还要经过无数次的考试，面临威胁，担惊害怕。长大就业之后，不想奋发精进则已，否则仍然要继续读书。我从前认识一位银行家，镇日价筹画盈虚,但是他床头摆着一套英译《法朗士全集》,每晚翻阅几页,日久读毕全书,引以为乐。宦场中、商场中有不少可敬的人物,品味很高,嗜读不倦,可见到处都有读书种子,以读书为乐,并非全是只知道争权夺利之辈。我们中国自古就重视读书,据说秦始皇日读一百二十斤重的竹简公文才就寝。《鹤林玉露》载:"唐张参为国子司业,手写九经,每言读书不如写书。高宗以万乘之尊,万畿之繁,乃亦亲洒宸翰,遍写九经,云章烂然,始终如一,自古帝王所未有也。"从前没有印刷的时候讲究抄书,抄书一遍比读书一遍还要受用。如今印刷发达,得书容易,又有缩印影印之术,无辗转抄写之烦,读书之乐乃大为增加。想想从前所谓"学富五车",是指以牛车载竹简,仅等于今之十万字弱。纪元前一千年以羊皮纸抄写一部《圣经》需要三百只羊皮!那时候图书馆里的书是用铁链锁在桌上的!《听雨纪谈》有一段话:

苏文忠公作《李氏山房藏书记》曰:"予犹及见老儒先生言其少时,《史记》《汉书》皆手自书,日夜诵读,惟恐不及。近岁,诸子百家,转相摹刻,学者之于书,多且易致其文辞学术当倍蓰昔人。而后学之士皆束书不观,游谈无根。"苏公此言切中今时学者之病,盖古人书籍既少,凡有藏者率皆手录。盖以其得之之难故,其读亦不苟。到唐世始有版刻,至宋而益盛,虽云便于学者,然以其得之之易,遂有蓄之而不读,或读之而不灭裂,则以有板刻之故。无怪乎今之不如古也。

其言虽似言之成理,但其结论今不如古则非事实。今日书多易得,有便于学子,读书之乐岂古人之所能想象。今之读书人所面临之一大问题乃图书之选择。开卷有益,实未必然,即有益之书其价值亦大有差别,罗斯金说得好:"所有的书可分为两大类:风行一时的书与永久不朽的书。"我们的时间有限,读书当有选择。各人志趣不同,当读之书自然亦异,唯有一共同标准可适用于我们全体国人。凡是中国人皆应熟读我国之经典,如《诗》《书》《礼》,以及《论语》《孟子》,再如《春秋左氏传》《史记》《汉书》,以及《资治通鉴》或近人所著通史,这都是我国传统文化之所寄。如谓文字艰深,则多有今注今译之版本在。其他如子集之类,则各随所愿。人生苦短,而应读之书太多。人生到了一个境界,读书不是为了应付外界需求,不是为人,是为己,是为了充实自己,使自己成为一个明白事理的人,使自己的生活充实而有意义。吾故曰:读书乐。我想起英国十八世纪诗人一句诗:

Stuff the head

With all such reading as was never read.

大意是:"把从未读过的书籍,赶快塞进脑袋里去。"

影响我的几本书

我喜欢书，也还喜欢读书，但是病懒，大部分时间荒嬉掉了！所以实在没有读过多少书。年届而立，才知道发愤，已经晚了。几经丧乱，席不暇暖，像董仲舒三年不窥园，米尔顿五年隐于乡，那样有良好环境专心读书的故事，我只有艳羡。多少年来所读之书，随缘涉猎，未能专精，故无所成。然亦间有几部书对于我个人为学做人之道不无影响。究竟哪几部书影响较大，我没有思量过，直到八年前有一天邱秀文来访问我，她提出了这么一个问题，她问我所读之书有哪几部使我受益较大。我略为思索，举出七部书以对，略加解释，语焉不详。邱秀文记录得颇为翔实，亏她细心地联缀成篇，并以标题《梁实秋的读书乐》，后来收入她的一个小册《智者群像》（时报文化出版公司出版）。最近联副[1]推出一系列文章，都是有关书和读书的，编者要我也插上一脚，并且给我出了一个题目《影响我的几本书》。我当时觉得自己好像是一个考生，遇到考官出了一个我不久以前作过的题目，自以为驾轻就熟，写起来

---

[1] 即《联合早报》副刊。编者注。

不俗也不瘦，餐餐笋煮肉

省事，于是色然而喜，欣然应命。题目像是旧的，文字却是新的。这便是我写这篇东西的由来。

第一部影响我的书是《水浒传》。我在十四岁进清华才开始读小说，偷偷地读，因为那时候小说被目为"闲书"，在学校里看小说是悬为厉禁的。但是我禁不住诱惑，偷闲在海甸[①]一家小书铺买到一部《绿牡丹》，密密麻麻的小字光纸石印本，晚上钻在蚊帐里偷看，也许近视眼就是这样养成的。抛卷而眠，翌晨忘记藏起，查房的斋务员在枕下一摸，手到擒来。斋务主任陈筱田先生唤我前去应询，瞪着大眼厉声咤问："这是嘛？"（天津话"嘛"就是"什么"）随后把书往地上一丢，说："去吧！"算是从轻发落，没有处罚，可是我忘不了那被叱责的耻辱。我不怕，继续偷看小说，又看了《肉蒲团》《灯草和尚》《金瓶梅》等等。这几部小说，并不使我满足，我觉得内容庸俗、粗糙、下流。直到我读到《水浒传》才眼前一亮，觉得这是一部伟大的作品，不愧金圣叹称之为"第五才子书"，可以和《庄》《骚》《史记》、杜诗并列。我一读，再读，三读，不忍释手。曾试图默诵一百零八条好汉的姓名绰号，大致不差（并不是每一人物都栩栩如生，精彩的不过五分之一，有人说每一个人物都有特色，那是夸张）。也曾试图搜集香烟盒里（是大联珠还是前门？）一百零八条好汉的图片。这部小说实在令人着迷。

《水浒》作者施耐庵在元末以赐进士出身，生卒年月不详，

[①] 今海淀区。编者注。

一生经历我们也不得而知。这没有关系，我们要读的是书。有人说《水浒》作者是罗贯中，根本不是他，这也没有关系，我们要读的是书。《水浒》有七十回本，有一百回本，有一百十五回本，有一百二十回本，问题重重；整个故事是否早先有过演化的历史而逐渐形成的，也很难说；故事是北宋淮安大盗一伙人在山东寿张县梁山泊聚义的经过，有多大部分与历史符合有待考证。凡此种种都不是顶重要的事。《水浒传》的主题是"官逼民反，替天行道"。一个个好汉直接间接地吃了官的苦头，有苦无处诉，于是铤而走险，逼上梁山，不是贪图山上的大碗酒大块肉。官，本来是可敬的。奉公守法公忠体国的官，史不绝书。可是一朝权在手便把令来行的贪污枉法的官却也不在少数。人踏上仕途，很容易被污染，会变成为另外一种人。他说话的腔调会变，他脸上的筋肉会变，他走路的姿势会变，他的心的颜色有时候也会变。"尔俸尔禄，民脂民膏"，过骄奢的生活，成特殊阶级，也还罢了，若是为非作歹，鱼肉乡民，那罪过可大了。《水浒》写的是平民的一股怨气。不平则鸣，容易得到读者的同情，有人甚至不忍深责那些非法的杀人放火的勾当。有人以终身不入官府为荣，怨毒中人之深可想。

较近的人民叛乱事件，义和团之乱是令人难忘的。我生于庚子后二年，但是清廷的糊涂，八国联军之肆虐，从长辈口述得知梗概。义和团是由洋人教士勾结官府压迫人民所造成的，其意义和梁山泊起义不同，不过就其动机与行为而言，我怜其愚，我恨其妄，而又不能不寄予多少之同情。义和团不可以一个"匪"字而一笔抹煞。英国俗文学中之罗宾汉的故事,其劫强济贫目无官府的游侠作风之所以能赢得读者的赞赏,也是因为它能伸张一般人的不平之感。我读了《水浒》之后,我认识了人间的不平。

我对于《水浒》有一点极为不满。作者好像对于女性颇不同情。《水浒》里的故事对于所谓奸夫淫妇有极精彩的描写,而显然的对于女性特别残酷。这也许是我们传统的大男人主义,一向不把女人当人,即使当作人也是次等的人。女人有所谓贞操,而男人无。《水浒》为人抱不平,而没有为女人抱不平。这虽不足为《水浒》病,但是《水浒》对于欣赏其不平之鸣的读者在影响上不能不打一点折扣。

第二部书该数《胡适文存》。胡先生生在我们同一时代,长我十一岁,我们很容易忽略其伟大,其实他是我们这一代人在思想学术道德人品上最为杰出的一个。我读他的《文存》的时候,我尚在清华没有卒业。他影响我的地方有三:

一是他的明白清楚的白话文。明白清楚并不是散文艺术的极致,却是一切散文必须具备的起码条件。他的《文学改良刍议》,现在看起来似嫌过简,在当时是震聋发聩的巨著。他对白话文学史的看法,他对于文学(尤其是诗)的艺术的观念,现在看来都有问题。例如他直到晚年还坚持的说律诗是"下流"的东西,骈四俪六当然更不在他眼里。这是他的偏颇的见解。可是在五四前后,文章写得像他那样明白晓畅、不枝不蔓的能有几人?我早年写作,都是以他的文字作为模仿的榜样。不过我的文字比较杂乱，不及他的纯正。

二是他的思想方法。胡先生起初倡导杜威的实验主义，后来他就不弹此调。胡先生有一句话："不要被别人牵着鼻子走！"像是给人的当头棒喝。我从此不敢轻信人言。别人说的话，是者是之，非者非之，我心目中不存有偶像。胡先生曾为文批评时政，也曾为文对什么主义质疑，他的几位老朋友劝他不要发表，甚至要把已经发排的稿件擅自抽回，胡先生说："上帝尚且可以批评，什么人什么事不可批评？"他的这种批评态度是可佩服的。从大体上看，胡先生从不侈谈革命，他还是一个"儒雅为业"的人，不过他对于往昔之不合理的礼教是不惜加以批评的。曾有人家里办丧事，求胡先生"点主"，胡先生断然拒绝，并且请他阅看《胡适文存》里有关"点主"的一篇文章，其人读了之后翕然诚服。胡先生对于任何一件事都要寻根问底，不肯盲从。他常说他有考据癖，其实也就是独立思考的习惯。

三是他的认真严肃的态度。胡先生说他一生没写过一篇不用心写的文章，看他的文存就可以知道确是如此，无论多小的题目，甚至一封短札，他也是像狮子搏兔似的全力以赴。他在庐山偶然看到一个和尚的塔，他作了八千多字的考证。他对于《水经注》所下的功夫是惊人的。曾有人劝他移考证《水经注》的功夫去做更有意义的事，他说不，他说他这样做是为了要把研究学问的方法传给后人。我对于《水经注》没有兴趣，胡先生的著作我没有不曾读过的，唯《水经注》是例外。可是他治学为文之认真的态度,是我认为应该取法的。有一次他对几个朋友说,写信一定要注明年、月、日,以便查考。我们明知我们的函件将来没有人会来研究考证,何必多此一举?他说不,要养成这个习惯。我接受他的看法,年、月、日都随时注明。有人写信谨注月日而无年分,我看了便觉得缺憾。我译莎士比亚,大家知道,是由于胡先生的倡导。当初约定一年译两本,二十年完成,可是我拖了三十年。胡先生一直关注这件工作,有一次他由台湾飞到美国,他随身携带在飞机上阅读的书包括《亨利四世》下篇的译本。他对我说他要看看中译的莎士比亚能否令人看得下去。我告诉他,能否看得下去我不知道,不过我是认真翻译的,没有随意删略,没敢潦草。他说俟全集译完之日为我举行庆祝,可惜那时他已经不在了。

第三本书是白璧德的《卢梭与浪漫主义》。白璧德(Irving Babbitt)是哈佛大学教授,是一位与时代潮流不合的保守主义学者。我选过他的"英国十六世纪以后的文学批评"一课,觉得他很有见解,不但有我们前所未闻的见解,而且是和我自己的见解背道而驰。于是我对他发生了兴趣。我到书店把他的著作五种一古脑儿买回来读,其中最有代表性的是他的这一本《卢梭与浪漫主义》。他毕生致力于批判卢梭及其代表的浪漫主义,他针砭流行的偏颇的思想,总是归根到卢梭的自然主义。有一幅漫画讽刺他,画他匍匐地面揭开被单窥探床下有无卢梭藏在底下。白璧德的思想主张,我在《学衡》杂志所刊吴宓、梅光迪几位介绍文字中已略为知其一二,只是《学衡》固执地使用文言,对于一般受了五四洗礼的青年很难引起共鸣。我读了他的书,上了他的课,突然感到他的见解平正通达而且切中时弊。我平夙心中蕴结的一些浪漫情操几为之一扫而空。我开始省悟,五四以来的文艺思潮应该根据历史的透视而加以重估。我在学生时代写的第一篇批评文字《中国现代文学之浪漫的趋势》就是在这个时候写的。随后我写的《文学的纪律》《文人有行》,以至于较后对于辛克莱《拜金艺术》的评论,都可以说是受了白璧德的影响。

白璧德对东方思想颇有渊源,他通晓梵文经典及儒家与老庄的著作。《卢梭与浪漫主义》有一篇很精彩的附录论老庄的"原始主义",他认为卢梭的浪漫主义颇有我国老庄的色彩。白璧德的基本思想是与古典的人文主义相呼应的新人文主义。他强调人生三境界,而人之所以为人在于他有内心的理性控制,不令感情横决。这就是他念念不忘的人性二元论。《中庸》所谓"天命之谓性,率性之谓道,修道之谓教",孔子所说的"克己复礼",正是白璧德所乐于引证的道理。他重视的不是 élan vital(柏格森所谓的"创造力")而是 élan frein(克制力)。一个人的道德价值,不在于做了多少事,而是在于有多少事他没有做。白璧德并不说教,他没有教条,他只是坚持一个态度——健康与尊严的态度。我受他的影响很深,但是我不曾大规模的宣扬他的作品。我在新月书店曾经辑合《学衡》

上的几篇文字为一小册印行，名为《白璧德与人文主义》，并没有受到人的注意。若干年后，宋淇先生为美国新闻处编译一本《美国文学批评》，其中有一篇是《卢梭与浪漫主义》的一章，是我应邀翻译的，题目好像是《浪漫的道德》。三十年代"左倾"仁兄们鲁迅及其他谥我为"白璧德的门徒"，虽只是一顶帽子，实也当之愧，因为白璧德的书并不容易读，他的理想很高也很难身体力行，称为门徒谈何容易！

第四本书是叔本华的《隽语与箴言》（*Maxims and Counsels*）。这位举世闻名的悲观哲学家，他的主要作品 *The World as Will and Idea*[①] 我没有读过，可是这部零零碎碎的札记性质的书却给我莫大的影响。

叔本华的基本认识是：人生无所谓幸福，不痛苦便是幸福。痛苦是真实的，存在的，积极的；幸福则是消极的，并无实体的存在。没有痛苦的时候，那种消极的感受便是幸福。幸福是一种心理状态，而非实质的存在。基于此种认识，人生努力方向应该是尽量避免痛苦，而不是追求幸福，因为根本没有幸福那样的一个东西。能避免痛苦，幸福自然就来了。

我不觉得叔本华的看法是诡辩。不过避免痛苦不是一件简单的事，需要慎思明辨，更需要当机立断。

第五部书是斯陶达的《对文明的反叛》（Lothrop Stoddard：

---

① 译为《作为意志和表象的世界》。编者注。

The Revolt Against Civilization）。这不是一部古典名著，但是影响了我的思想。民国十四年，潘光旦在纽约哥伦比亚大学念书，住在黎文斯通大厦，有一天我去看他，他顺手拿起这一本书，竭力推荐要我一读。光旦是优生学者，他不但赞成节育，而且赞成"普罗列塔利亚"少生孩子，优秀的知识分子多生孩子，只有这样做，民族的品质才有希望提高。一人一票的"德谟克拉西"是不合理的，古希腊的"亚里士多克拉西"较近于理想。他推崇孔子，但不附和孟子的平民之说。他就是这样有坚定信念而非常固执的一位学者。他郑重推荐这一本书，我想必有道理，果然。

斯陶达的生平不详，我只知道他是美国人，一八八三年生，一九五〇年卒，《对文明的反叛》出版于一九二二年，此外还有《欧洲种族的实况》（一九二四年）、《欧洲与我们的钱》（一九三二年）及其他。这本《对文明的反叛》的大意是：私有财产为人类文明的基础。有了私有财产的制度，然后人类生活型态，包括家庭的、社会的、政治的、经济的各方面，才逐渐的发展而成为文明。马克思与恩格斯于一八四八年发表的一个小册子 *Manifest der Kommunisten Partei*[①]，声言私有财产为一切罪恶的根源，要彻底的废除私有财产制度，言激而辩。斯陶达认为这是反叛文明，是对整个人类文明的打击。

文明发展到相当阶段会有不合理的现象，也可称之为病态。

---

① 即《共产党宣言》。编者注。

所以有心人就要想法改良补救，也有人就想象一个理想中的黄金时代，悬为希望中的目标。《礼记》《礼运》所谓的"大同"，虽然孔子说"大道之行也，与三代之英，丘未之逮也"，实则"大同"乃是理想世界，在尧舜时代未必实现过，就是禹、汤、文武周公的"小康之治"恐怕也是想当然耳。西洋哲学家如柏拉图，如斯多亚派创始者季诺（Zeno），如陶斯玛·摩尔及其他，都有理想世界的描写。耶稣基督也是常以慈善为教，要人共享财富。许多教派都不准僧侣自蓄财产。英国诗人柯律芝与骚赛（Colerdge and Southey）在一七九四年根据卢梭与高德文（Godwin）的理想居然想到美洲的宾夕凡尼亚去创立一个共产社区，虽然因为缺乏经费而未实现，其不满于旧社会的激情可以想见。不满于文明社会之现状，是相当普遍的心理。凡是有同情心和正义感的人，对于贫富悬殊壁垒分明的现象无不深恶痛绝。不过从事改善是一回事，推翻私有财产制度又是一回事。像一七九二年巴黎公社之引起恐怖统治，就是一个极不幸的例子。至若以整个国家甚至以整个世界孤注一掷地做一个渺茫的理想的实验，那就太危险了。文明不是短期能累积起来的，却可毁灭于一旦。斯陶达心所谓危，所以写了这样的一本书。

第六部书是《六祖坛经》。我与佛教本来毫无瓜葛。抗战时在北碚缙云山上缙云古寺偶然看到太虚法师领导的汉藏理学院，一群和尚在翻译佛经，香烟缭绕，案积贝多树叶帖帖然，字斟句酌，庄严肃穆。佛经的翻译原来是这样谨慎而神圣的，令人肃然起敬。

知客法舫,彼此通姓名后得知他①是《新月》的读者,相谈甚欢,后来他送我一本他作的《金刚经讲话》,我读了也没有什么领悟。三十八年我在广州,中山大学外文系主任林文铮先生是一位狂热的密宗信徒,我从他那里借到《六祖坛经》,算是对于禅宗作了初步的接触,谈不上了解,更谈不到开悟。在丧乱中我开始思索生死这一大事因缘。在六榕寺瞻仰了六祖的塑像,对于这位不识字而能顿悟佛理的高僧有无限的敬仰。

《六祖坛经》不是一人一时所作,不待考证就可以看得出来,可是禅宗大旨尽萃于是。禅宗主张不立文字,但阐明宗旨还是不能不借重文字。据我浅陋的了解,禅宗主张顿悟,说起来简单,实则甚为神秘。棒喝是接引的手段,公案是参究的把鼻。说穿了即是要人一下子打断理性的逻辑的思维,停止常识的想法,蓦然一惊之中灵光闪动,于是进入一种不思善不思恶无生无死不生不死的心理状态。在这状态之中得见自心自性,是之谓明心见性,是之谓言下顿悟。

有一次我在胡适之先生面前提起铃木大拙,胡先生正色曰:"你不要相信他,那是骗人的!"我不作如是想。铃木不像是有意骗人,他可能确是相信禅宗顿悟的道理。胡先生研究禅宗历史十分渊博,但是他自己没有做修持的功夫,不曾深入禅宗的奥秘。事实上他无法打入禅宗的大门,因为禅宗大旨本非理性的文字所能解析说明,只能用简略的象征的文字来暗示。在另一方面,铃木也未便以

---

① 应为"太虚法师"。编者注。

胡先生为门外汉而加以轻蔑。因为一进入文字辩论的范围，便必须使用理性的逻辑的方式才足以服人。禅宗的境界用理性逻辑的文字怎样解释也说不明白，须要自身体验，如人饮水，冷暖自知。所以我看胡适、铃木之论战根本是不必要的，因为两个人不站在一个层次上。一个说有鬼，一个说没有鬼，能有结论么？

我个人平凡的思想方式近于胡先生类型，但是我也容忍不同的寻求真理的方法。《哈姆雷特》一幕二景，哈姆雷特见鬼之后对于来自威吞保的学者何瑞修说："宇宙间无奇不有，不是你的哲学全能梦想得到的。"我对于禅宗的奥秘亦作如是观。《六祖坛经》是我最初亲近的佛书，带给我不少喜悦，常引我作超然的遐思。

第七部书是卡赖尔的《英雄与英雄崇拜》（Carlyle: *On Heroes Heroworship and the Heroic in History*），原是一系列的演讲，刊于一八四一年。卡赖尔的文笔本来是汪洋恣肆，气势不凡，这部书因为原是讲稿，语气益发雄浑，滔滔不绝的有雷霆万钧之势。他所谓的英雄，不是专指掣旗斩将攻城略地的武术高超的战士而言，举凡卓越等伦的各方面的杰出人才，他都认为是英雄。神祇、先知、国王、哲学家、诗人、文人都可以称为英雄，如果他们能做人民的领袖、时代的前驱、思想的导师。卡赖尔对于人类文明的历史发展有一基本信念，他认为人类文明是极少数的领导人才所创造的。少数的杰出人才有所发明，于是大众跟进。没有睿智的领导人物，浑浑噩噩的大众就只好停留在浑浑噩噩的状态之中。证之于历史，确是如此。这种说法和孙中山先生所说"先知先觉,后知后觉,不知不觉",若合符节。卡赖尔的说法,人称之为"伟人学说"(Great Man Theory)。他说政治的妙谛在于如何把有才智的人放在统治者的位置上去。他因此而大为称颂我们的科举取士的制度。不过他没注意到取士的标准大有问题,所取之士的品质也就大有问题。好人出头是他的理想,他们憧憬的是贤人政治,他怕听"拉平者"(Levellers)那一套议论,因为人有贤不肖,根本不平等。尽管尽力拉平世间的不平等的现象,领导人才与人民大众对于文明的贡献究竟不能等量齐观。

我接受卡赖尔的伟人学说,但是我同时强调伟人的品质。尤其是政治上的伟人责任重大,如果他的品质稍有问题,例如轻言改革,囿于私见,涉及贪婪,用人不公,立刻就会灾及大众,祸国殃民。所以我一面崇拜英雄,一面深厌独裁。我愿他泽及万民,不愿他成为偶像。卡赖尔不信时势造英雄,他相信英雄造时势。我想是英雄与时势交相影响。卡赖尔受德国菲士特(Fichte)的影响,以为一代英雄之出世涵有"神意"(divine idea),又受喀尔文(Calvin)一派清教思想的影响,以为上帝的意旨在指挥英雄人物。这种想法现已难以令人相信。

第八部书是玛克斯·奥瑞利斯(Marcus Aurelius Antoninus)的《沉思录》(Meditations),这是西洋斯托亚派哲学最后一部杰作,原文是希腊文,但是译本极多,单是英文译本自十七世纪起至今已有二百多种。在我国好像注意到这本书的人不多。我在一九五九年将此书译成中文，由协志出版公司印行。作者是一千八百多年前的罗马帝国的皇帝，以皇帝之尊而成为苦修的哲学家，并且给我们留下这样的一部书真是奇事。

斯托亚派哲学涉及三个部门：物理学、论理学、伦理学。这一派的物理学，简言之，即是唯物主义加上泛神论，与柏拉图之以理性概念为唯一真实存在的看法正相反。斯托亚派认为只有物质的事物才是真实的存在，但是物质的宇宙之中偏存着一股精神力量，此力量以不同的形势出现，如人，如气，如精神，如灵魂，如理性，如主宰一切的原理，皆是。宇宙是神，人所崇奉的神祇只是神的显示。神话传说全是寓言。人的灵魂是从神那里放射出来的，早晚还要回到那里去。主宰一切的神圣原则即是使一切事物为了全体利益而合作。人的至善的理想即是有意识地为了共同利益而与天神合作。至于这一派的论理学则包括两部门，一是辩证法，一是修辞学，二者都是思考的工具，不太重要。玛克斯最感兴趣的是伦理学。按照这一派哲学，人生最高理想是按照宇宙自然之道理去生活。所谓"自然"不是任性放肆之意，而是上面说到的宇宙自然。人生除了美德无所谓善，除了罪行无所谓恶。美德有四：一为智慧，所以辨善恶；二为公道，以便应付一切悉合分际；三为勇敢，藉以终止痛苦；四为节制，不为物欲所役。人是宇宙的一部分，所以对宇宙整体负有义务，应随时不忘本分，致力于整体利益。有时自杀也是正当的，如果生存下去无法善尽做人的责任。

《沉思录》没有明显地提示一个哲学体系，作者写这本书是在做反省的功夫，流露出无比的热诚。我很向往他这样的近于宗教的哲学。他不信轮回不信往生，与佛说异，但是他对于生死这一大事因缘却同样的不住地叮咛开导。佛示寂前，门徒环立，请示以后当以谁为师，佛说："以戒为师。"戒为一切修行之本，无论根本五戒、沙弥十戒、比丘二百五十戒，以及菩萨十重四十八轻之性戒，其要义无非是克制。不能持戒，还说什么定慧？佛所斥为外道的种种苦行，也无非是戒的延伸与歪曲。斯托亚派的这部杰作坦示了一个修行人的内心了悟，有些地方不但可与佛说参证，也可以和我国传统的"天行健，君子以自强不息"以及"克己复礼"之说相印证。

英国十七世纪剧作家范伯鲁（Vanbrugh）的《旧病复发》（*Relapse*）里有一个愚蠢的花花大少浮平顿爵士（Lord Foppington），他说了一句有趣的话："读书乃是以别人脑筋制造出的东西以自娱。我以为有风度有身分的人可以凭自己头脑流露出来的东西而自得其乐。"书是精神食粮。食粮不一定要自己生产，自己生产的不一定会比别人生产的好。而食粮还是我们必不可或缺的。书像是一股洪流，是多年来多少聪明才智的人点点滴滴的汇集而成，很难得有人能毫无凭藉的立地涌现出一部书。读书如交友，也靠缘分，吾人有缘接触的书各有不同。我读书不多，有缘接触了几部难忘的书，有如良师益友，获益非浅，略如上述。

利用零碎时间

我常常听人说，他想读一点书，苦于没有时间。我不太同情这种说法。不管他是多么忙，他总不至于忙得一点时间都抽不出来。一天当中如果抽出一小时来读书，一年就有三百六十五小时，十年就有三千六百五十小时，积少成多，无论研究什么都会有惊人的成绩。零碎的时间最可宝贵，但是也最容易丢弃。我记得陆放翁有两句诗："呼僮不应自升火，待饭未来还读书。"这两句诗给我的印象很深。待饭未来的时候是颇难熬的，用以读书岂不甚妙？我们的时间往往于不知不觉中被荒废掉，例如，现在距开会还有五十分钟，于是什么事都不做了，磨磨蹭蹭，五十分钟便打发掉了。如果用这时间读几页书，岂不较为受用？至于在"度周末"的美名之下把时间大量消耗的人，那就更不必论了。他是在"杀时间"，实在也是在杀他自己。

一个人在学校读书的时间是最可羡慕的一段时间，因为他没有生活的负担，时间完全是他自己的。但是很少人充分地把握住这个机会，多多少少的把时间浪费掉了。学校的教育应该是启发学生好奇求知的心理，鼓励他自动的往图书馆里去钻研。假如一个人在学校读书，从来没有翻过图书馆的书目卡片，没有借过书，无论他的功课成绩多么好，我想他将来多半不能有什么成就。

英国的一个政治家兼作者 Willam Cobbett[①]（一七六二至一八三五年）写过一本书《对青年人的劝告》，其中有一段"利用零碎时间"。我觉得很感动人，译抄如下：

> 文法的学习并不需要减少办事的时间，也不需要占去必须的运动时间。平常在茶馆、咖啡馆用掉的时间以及附带着的闲谈所用掉的时间——一年中所浪费掉的时间——如果用在文法的学习上，便会使你在余生中成为一个精确的说话者、写作者。你们不需要进学校，用不着课室，无需费用，没有任何麻烦的情形。我学习文法是在每日赚六便士当兵卒的时候，床的边沿或岗哨铺位的边沿便是我研习的座位，我的背包便是我的书架子，一小块木板放在腿上便是我的写字台，而这工作并未用掉一整年的工夫。我没钱去买蜡烛油；在冬天，除了火光以外我很难得在夜晚有任何光，而那也只好等到我轮值时才有。
>
> 如果我在这种情形之下，既无父母又无朋友给我以帮助与鼓励，居然能完成这工作，那么任何年青人，无论多穷苦，

[①] 即威廉·科贝特。编者注。

无论多忙，无论多缺乏房间或方便，还有什么可借口的呢？为了买一支笔或一张纸，我被迫放弃一部分粮食，虽然是在半饥饿的状态中。在时间上没有一刻钟可以说是属于自己的，我必须在十来个最放肆而又随便的人们之高谈阔论、歌唱嬉笑、吹哨吵闹当中阅读写作，而且是在他们毫无顾忌的时间里。莫要轻视我偶尔花掉的买纸、笔、墨水的那几文钱。那几文钱对于我是一笔大款！除了为我们上市购买食物所费之外，我们每人每星期所得不过是两便士。我再说一遍，如果我能在此种情形下完成这项工作，世界上可能有一个青年能找到借口说办不到吗？哪一位青年读了我这篇文字，若是还要说没有时间、没有机会研习这学问中最重要的一项，他能不羞惭吗？

以我而论，我可以老实讲，我之所以成功，得力于严格遵守我在此讲给你们听的教条者，过于我的天赋的能力；因为天赋能力，无论多少，比较起来用处较少，纵然以严肃和克己来相辅，如果我在早年没有养成那爱惜光阴之良好习惯。我在军队获得非常的擢升，有赖于此者胜过其他任何事物。我是"永远有备"：如果我在十点要站岗，我在九点就准备好了。从来没有任何人或任何事在等候我片刻时光。年过二十岁，从上等兵立刻升到军士长，越过了三十名中士，应该成为大家嫉恨的对象；但是这早起的习惯以及严格遵守我讲给你们听的教条，确曾消灭了那些嫉恨的情绪，因为每个人都觉得

周末何妨撒点野

我所做的乃是他们所没有做的而且是他们所永不会做的。

Cobbett 这个人是工人之子，出身寒苦，早年在美洲从军，但是他终于因苦读、自修而成功。他写了不少的书，其中有一部是《英文文法》。这是一个很感动人的例子。

对你说的对啊对对对

辑二

谈话,和作文一样,有主题,有腹稿,有层次,有头尾,不可语无伦次。

你说的对 啊 对对对

谈话的艺术

一个人在谈话中可以采取三种不同的方式,一是独白,一是静听,一是互话。

谈话不是演说,更不是训话,所以一个人不可以霸占所有的时间,不可以长篇大论地絮聒不休,旁若无人。有些人大概是口部筋肉特别发达,一开口便不能自休,绝不容许别人插嘴,话如连珠,音容并茂。他讲一件事能从盘古开天地讲起,慢慢地进入本题,亦能枝节横生,终于忘记本题是什么。这样霸道的谈话者,如果他言谈之中确有内容,所谓"吐佳言如锯木屑,霏霏不绝",亦不难觅取听众。在英国文人中,约翰逊博士是一个著名的例子。在咖啡店里,他一开口,老鼠都不敢叫。那个结结巴巴的高尔斯密一插嘴便触霉头。Sir Oracle[①] 在说话,谁敢出声?约翰逊之所以被称为当时文艺界的独裁者,良有以也。学问、风趣不及约翰逊者,必定是比较的语言无味,如果喋喋不已,如何令人耐得!

有人也许是以为嘴只管吃饭而不作别用,对人乃钳口结舌,

[①] 意为"老古董",嘲讽人顽固不化。编者注。

一言不发。这样的人也是谈话中所不可或缺的,因为谈话,和演戏一样,是需要听众的,这样的人正是理想的听众。欧洲中古时代的一个严肃的教派 Carthusian monks① 以不说话为苦修精进的法门之一,整年的不说一句话,实在不易。那究竟是方外人,另当别论,我们平常人中却也有人真能寡言。他效法金人之三缄其口,他的背上应有铭曰:"今之慎言人也"。你对他讲话,他洗耳恭听,你问他一句话,他能用最经济的辞句把你打发掉。如果你恰好也是"毋多言,多言多败"的信仰者,相对不交一言,那便只好共听壁上挂钟之滴答滴答了。钟会之与嵇康,则由打铁的叮当声来破除两人间之岑寂。这样的人现代也有,相对无言,莫逆于心,巴答巴答的抽完一包香烟,兴尽而散。无论如何,老于世故的人总是劝人多听少说,以耳代口,凡是不大开口的人总是令人莫测高深;口边若无遮拦,则容易令人一眼望到底。

谈话,和作文一样,有主题,有腹稿,有层次,有头尾,不可语无伦次。写文章肯用心的人就不太多,谈话而知道剪裁的就更少了。写文章讲究开门见山,起笔最要紧,要来得挺拔而突兀,或是非常爽朗,总之要引人入胜,不同凡响。谈话亦然。开口便谈天气好坏,当然亦不失为一种寒暄之道,究竟缺乏风趣。常见有客来访,宾主落座,客人徐徐开言:"您没有出门啊?"主人除了重申"我没有出门"这一事实之外,没有法子再作其他的答话。谈公事,

---

① 多译为加尔都西会修士。编者注。

讲生意，只求其明白清楚，没有什么可说的。一般的谈话往往是属于"无题""偶成"之类，没有固定的题材，信手拈来，自有情致。情人们喁喁私语，总是有说不完的话题，谈到无可再谈，则"此时无声胜有声"了。老朋友们剪烛西窗，班荆道故，上下古今无不可谈，其间并无定则，只要对方不打哈欠。禅师们在谈吐间好逗机锋，不落迹象，那又是一种境界，不是我们凡夫俗子所能企望得到的。善谈和健谈不同，健谈者能使四座生春，但多少有点霸道，善谈者尽管舌灿莲花，但总还要给别人留些说话的机会。

　　话的内容总不能不牵涉到人，而所谓人，则不是别人便是自己。谈论别人则东家长西家短全成了上好的资料，专门隐恶扬善则内容枯燥听来乏味，揭人阴私则又有伤口德，这其间颇费斟酌。英文 gossip 一字原义是"教父母"，尤指教母，引申而为任何中年以上之妇女，再引申而为闲谈，再引申而为飞短流长，而为长舌妇，可见这种毛病由来有自，"造谣学校"之缘起亦在于是，而且是中外皆然。不过现在时代进步，这种现象已与年纪无关。谈话而专谈自己当然不会伤人，并且缺德之事经自己宣扬之后往往变成为值得夸耀之事。不过这又显得"我执"太深，而且最关心自己的事的人，往往只是自己。英文的"我"字，是大写字母的"I"，有人已嫌其夸张，如果谈起话来每句话都用"我"字开头，不更显得自我本位了么？

　　在技巧上，谈话也有些个禁忌。"话到口边留半句"，只是劝人慎言，却有人认真施行，真个的只说半句，其余半句要由你去揣摩，好像文法习题中的造句，半句话要由你去填充。有时候是光说前半句，要你猜后半句；有时候是光说后半句，要你想前半句。一段谈话中若是破碎的句子太多，在听的方面不加整理是难以理解的。费时费事，莫此为甚。我看在谈话时最好还是注意文法，多用完整的句子为宜。另一极端是，惟恐听者印象不深，每一句话重复一遍，这办法对于听者的忍耐力实在要求过奢。谈话的腔调与嗓音因人而异，有的如破锣，有的如公鸡，有的行腔使气有板有眼，有的回肠荡气如怨如诉，有的于每一句尾加上一串格格的笑，有的于说完一段话之后像鲸鱼一般喷一口大气，这一切都无关宏旨，要紧的是说话的声音之大小需要一点控制。一开口便血脉偾张，声震屋瓦，不久便要力竭声嘶，气急败坏，似可不必。另有一些人的谈话别有公式，把每句中的名词与动词一律用低音，甚至变成耳语，令听者颇为吃力。有些人唾液腺特别发达，三言两句之后嘴角上便积有两滩如奶油状的泡沫，于发出重唇音的时候便不免星沫四溅，真像是痰唾珠玑。人与人相处，本来易生摩擦，谈话时也要保持距离，以策安全。

骂人的艺术

古今中外没有一个不骂人的人。骂人就是有道德观念的意思，因为在骂人的时候，至少在骂人者自己总觉得那人有该骂的地方。何者该骂，何者不该骂，这个抉择的标准，是极道德的。所以根本不骂人，大可不必。骂人是一种发泄感情的方法，尤其是那一种怨怒的感情。想骂人的时候而不骂，时常在身体上弄出毛病，所以想骂人时，骂骂何妨？

但是，骂人是一种高深的学问，不是人人都可以随便试的。有因为骂人挨嘴巴的，有因为骂人吃官司的，有因为骂人反被人骂的，这都是不会骂人的原故。今以研究所得，公诸同好，或可为骂人时之一助乎？

一、知己知彼

骂人是和动手打架一样的，你如其敢打人一拳，你先要自己忖度一下，你吃得起别人的一拳否。这叫做知己知彼。骂人也是一样。譬如你骂他是"屈死"，你先要反省，自己和"屈死"有无分别。

你骂别人荒唐，你自己想想曾否吃喝嫖赌。否则别人回敬你一二句，你就受不了。所以别人若有某种短处，而足下也正有同病，那么你在骂他的时候，只得割爱。

二、无骂不如己者

要骂人须要挑比你大一点的人物，比你漂亮一点的，或者比你坏得万倍而比你得势的人物。总之，你要骂人，那人无论在好的一方面或坏的一方面都要能胜过你，你才不吃亏。你骂大人物，就怕他不理你，他一回骂，你就算骂着了。因为身分相同的人才肯对骂。在坏的一方面胜过你的，你骂他就如教训一般，他即便回骂，一般人仍然不会理会他的。假如你骂一个无关痛痒的人，你越骂他他越得意，时常可以把一个无名小卒骂出名了，你看冤与不冤？

三、适可而止

骂大人物骂到他回骂的时候，便不可再骂；再骂则一般人对你必无同情，以为你是无理取闹。骂小人物骂到他不能回骂的时候，便不可再骂，再骂下去一般人对你也必无同情，以为你是欺负弱者。

四、旁敲侧击

他偷东西，你骂他是贼；他抢东西，你骂他是盗，这是笨伯。

骂人必须先明虚实掩映之法，须要烘托旁衬，旁敲侧击，于紧要处只要一语便得，所谓杀人于咽喉处着刀。越要骂他你越要原谅他，即便说些恭维话亦不为过，这样骂法才能显得你所骂的句句是真实确凿，让旁人看起来也可见得你的度量。

五、态度镇静

骂人最忌浮躁。一语不合，面红筋跳，暴躁如雷，此灌夫骂座，泼妇骂街之术，不足以言骂人。善骂者必须态度镇静，行若无事。普通一般骂人，谁的声音高便算谁占理，谁的来势猛便算谁骂赢，唯真善骂人者，乃能避其锋而击其懈。你等他骂得疲倦的时候，你只消轻轻的回敬他一句，让他再狂吼一阵。在他暴躁不堪的时候，你不妨对他冷笑几声，包管你不费气力，把他气得死去活来，骂得他针针见血。

六、出言典雅

骂人要骂得微妙含蓄，你骂他一句要使他不甚觉得是骂，等到想过一遍才慢慢觉悟这句话不是好话，让他笑着的面孔由白而红，由红而紫，由紫而灰，这才是骂人的上乘。欲达到此种目的，深刻之用意固不可少，而典雅之言词则尤为重要。言词典雅则可使听者不致刺耳。如要骂人骂得典雅，则首先要在骂时万万别提起女子身上的某一部分，万万不要涉入生理学的范围。骂人一骂到生理学范围以内，底下再有什么话都不好说了。譬如你骂某甲，千万别提起他的令堂令妹。因为那样一来，便无是非可言，并且你自己也不免有令堂令妹，他若回敬起来，岂非势均力敌，半斤八两？再者骂人的时候最好不要加入以种种难堪的名词，称呼起来总要客气，即使他是极卑鄙的小人，你也不妨称他先生，越客气，越骂得有力量。骂的时节最好引用他自己的词句，这不但可以使得他难堪，还可以减轻他对你的骂的力量。俗话少用，因为俗话一览无遗，不若典雅古文曲折含蓄。

七、以退为进

两人对骂，而自己亦有理屈之处，则于开骂伊始，特宜注意，最好是毅然将自己理屈之处完全承认下来，即使道歉认错均不妨事。先把自己理屈之处轻轻遮掩过去，然后你再重整旗鼓，着着逼人，方可无后顾之忧。即使自己没有理屈的地方，也绝不可自行夸张，务必要谦逊不遑，把自己的位置降到一个不可再降的位置，然后骂起人来，自有一种公正光明的态度。否则你骂他一两句，他便以你个人的事反唇相讥，一场对骂，会变成两人私下口角，是非曲直，无从判断。所以骂人者自己要低声下气，此所谓以退为进。

八、预设埋伏

你把这句话骂过去，你便要想想看，他将用什么话骂回来。有眼光的骂人者，便处处留神，或是先将他要骂你的话替他说出来，或是预先安设埋伏，令他骂回来的话失去效力。他骂你的话，你替他说出来，这便等于缴了他的械一般。预安设埋伏，便是在要攻击你的地方，你先轻轻的安下话根，然后他骂过来就等于枪弹打在沙包上，不能中伤。

九、小题大做

如对手方有该骂之处，而题目甚小，不值一骂，或你所知不多，不足一骂，那时节你便可用小题大做的方法，来扩大目标。先用诚恳而怀疑的态度引申对方的意思，由不紧要之点引到大题目上去，处处用严谨的逻辑逼他说出不逻辑的话来，或是逼他说出合于逻辑而不合乎理的话来，然后你再大举骂他，骂到体无完肤为止，而原来惹动你骂的小题目，轻轻一提便了。

十、远交近攻

一个时候，只能骂一个人，或一种人，或一派人。决不宜多树敌。所以骂人的时候，万勿连累旁人，即使必须牵涉多人，你也要表示好意，否则回骂之声纷至沓来，使你无从应付。

骂人的艺术，一时所能想起的有上面十条，信手拈来，并无条理。我做此文的用意，是助人骂人，同时也是想把骂人的技术揭破一点，供爱骂人者参考。挨骂的人看看，骂人的心理原来是这样的，也算是揭破一张黑幕给你瞧瞧！

谈幽默

幽默是 humor 的音译，译得好，音义兼顾，相当传神，据说是林语堂先生的手笔。不过"幽默"二字，也是我们古文学中的现成语。《楚辞·九章·怀沙》："昫兮杳杳，孔静幽默。"幽默是形容山高谷深荒凉幽静的意思，幽是深，默是静。我们现在所要谈的幽默，正是意义深远耐人寻味的一种气质，与成语"幽默"二字所代表的意思似乎颇为接近。现在大家提起幽默，立刻想起原来"幽默"二字的意思了。

"幽默"一语所代表的那种气质，在西方有其特定的意义与历史。据古代生理学，人体有四种液体：血液、粘液、黄胆液、黑胆液。这些液体名为幽默（humours），与四元素有密切关联。血似空气，湿热；黄胆液似火，干热；粘液似水，湿冷；黑胆液似土，干冷。某些元素在某一种液体中特别旺盛，或几种液体之间失去平衡，则人生病。液体蒸发成气，上升至脑，于是人之体格上的、心理上的、道德上的特点于以形成，是之谓他的脾气性格，或径名之曰他的幽默。完好的性格是没有一种幽默主宰他。乐天派的人是血气旺，善良愉快而多情。胆气粗的人易怒，焦急，顽梗，记仇。粘性的人迟钝，面色苍白，怯懦。忧郁的人贪吃，畏缩，多愁善感。幽默之反常状态能进一步导致夸张的特点。在英国伊利沙白时代，"幽默"一词成了人的"性格"（disposition）的代名词，继而成了"情绪"（mood）的代名词。到了一六〇〇年代，常以幽默作为人物分类的准绳。从十八世纪初起，英语中的幽默一语专用于语文中之足以引人发笑的一类。幽默作家常是别具只眼，能看出人类行为之荒谬、矛盾、滑稽、虚伪、可哂之处，从而以犀利简捷之方式一语点破。幽默与警语（wit）不同，前者出之以同情委婉之态度，后者出之以尖锐讽刺之态度，而二者又常不可分辨。例如莎士比亚创造的人物之中，孚斯塔夫滑稽突梯，妙语如珠，便是混合了幽默与警语之最好的榜样之一。

"幽默"一词虽然是英译，可是任何民族都自有其幽默。常听人说我们中国人缺乏幽默感。在以儒家思想为正统的社会里，幽默可能是不被鼓励的，但是我们看《诗经·卫风·淇奥》，"善戏谑兮，不为虐兮"，谑而不虐仍不失为美德。东方朔、淳于髡，都是滑稽之雄。太史公曰："天道恢恢，岂不大哉？谈言微中，亦可以解纷。"为立滑稽列传。较之西方文学，我们文学中的幽默成分并不晚出，也并未被轻视。宋元明理学大盛，教人正心诚意居敬穷理，好像容不得幽默存在，但是文学作家，尤其是戏剧与小说的作者，在编写行文之际从来没有舍弃幽默的成分。几乎没有一

/ 辑二 /
你说的对，啊对对对

部小说没有令人绝倒的人物，几乎没有一出戏没有小丑插科打诨。至于明末流行的笑话书之类，如冯梦龙《笑府序》所谓"古今世界一大笑府，我与若皆在其中供话柄，不话不成人，不笑不成话，不笑不话不成世界"，直把笑话与经书子史相提并论，更不必说了。我们中国人不一定比别国人缺乏幽默感，不过表现的方式容或不同罢了。

我们的国语只有四百二十个音缀，而语词不下四千（高本汉这样说）。这就是说，同音异义的字太多，然而这正大量提供了文字游戏的机会。例如诗词里"晴""情"二字相关，俗话中生熟的"生"与生育的"生"二字相关，都可以成为文字游戏。能说这是幽默么？在英国文学里，相关语（pun）太多了，在十六世纪时还成了一种时尚，为雅俗所共赏。文字游戏不是上乘的幽默，灵机触动，偶一为之，尚无不可，滥用就惹人厌。幽默的精义在于其中所含的道理，而不在于舞文弄墨博人一粲。

所以善幽默者，所谓幽默作家（humourists），其人必定博学多识，而又悲天悯人，洞悉人情世故，自然的谈唾珠玑，令人解颐。英小说家萨克莱[①]于一八五一年作一连串演讲——《英国十八世纪幽默作家》，刊于一八五三年，历述绥夫特[②]、斯特恩等的思想文字，着重点皆在于其整个的人格，而不在于其支离琐碎的妙语

[①] 即威廉·梅克比斯·萨克雷，代表作《名利场》。编者注。
[②] 即乔纳森·斯威夫特，代表作《格列佛游记》。编者注。

警句。幽默引人笑，引人笑者并不一定就是幽默。人的幽默感是天赋的，多寡不等，不可强求。

王尔德游美，海关人员问他有没有应该申报纳税的东西，他说："没有什么可申报的，除了我的天才之外。"这回答很幽默也很自傲。他可以这样说，因为他确是有他一分的天才。别人不便模仿他。我们欣赏他这句话，不是欣赏他的恃才傲物，是欣赏他讽刺了世人重财物而轻才智的陋俗的眼光。我相信他事前没有准备，一时兴到，乃脱口而出，语妙天下，讥嘲与讽刺常常有幽默的风味，中外皆然。

我有一次为文，引述了一段老的故事：某寺僧向人怨诉送往迎来不胜其烦，人劝之曰："尘劳若是，何不出家？"稿成，投寄某刊物，刊物主编以为我有笔误，改"何不出家"为"何必出家"，一字之差，点金成铁。他没有意会到，反语（irony）也往往是幽默的手段。

沉默

我有一位沉默寡言的朋友。有一回他来看我，嘴边绽出微笑，我知道那就是相见礼，我肃客入座，他欣然就席。我有意要考验他的定力，看他能沉默多久，于是我也打破我的习惯，我也守口如瓶。二人默对，不交一语，壁上的时钟的答的答的声音特别响。我忍耐不住，打开一听香烟递过去，他便一枝接一枝地抽了起来，巴答巴答之声可闻。我献上一杯茶，他便一口一口的翕呷，左右顾盼，意态萧然。等到茶尽三碗，烟罄半听，主人并未欠伸，客人兴起告辞，自始至终没有一句话。这位朋友，现在已归道山，这一回无言造访，我至今不忘。想不到"闻所闻而来，见所见而去"的那种六朝人的风度，于今之世，尚得见之。

明张鼎思《琅玡代醉篇》有一段记载："刘器之待制对客多默坐，往往不交一谈，至于终日。客意甚倦，或谓去，辄不听，至留之再三。有问之者，曰：'人能终日危坐，而不欠伸欹侧，盖百无一二，其能之者必贵人也。'以其言试之，人皆验。"可见对客默坐之事，过去亦不乏其例。不过所谓"主贵"之说，倒颇耐人寻味。

所谓贵，一定要有一副高不可攀的神情，纵然不拒人千里之外，至少也要令人生莫测高深之感，所以处大居贵之士多半有一种特殊的本领，两眼望天，面部无表情，纵然你问他一句话，他也能听若无闻，不置可否。这样的人，如何能不贵？因为深沉的外貌，正好掩饰内部的空虚，这样的人最宜于摆在庙堂之上。《孔子家语》明明的写着，孔子"入太祖后稷之庙，庙堂右阶之前有金人焉，三缄其口，而铭其背曰：'古之慎言人也'。"这庙堂右阶的金人，不是为市井细民做榜样的。

謇谔之臣，骨鲠在喉，一吐为快，其实他是根本负有诤谏之责，并不是图一时之快。鸡鸣犬吠，各有所司，若有言官而箝口结舌，宁不有愧于鸡犬？至于一般的仁人君子，没有不愤世忧时的，其中大部分悯默无言，但间或也有"宁鸣而死，不默而生"的人，这样的人可使当世的人为之感喟，为之击节，他不能全名养寿，他只能在将来历史上享受他应得的清誉罢了。在有"不发言的自由"的时候而甘愿放弃这一项自由，这也是个人的自由。在如今这个时代，沉默是最后的一项自由。

有道之士，对于尘劳烦恼早已不放在心上，自然更能欣赏沉默的境界。这种沉默，不是话到嘴边再咽下去，是根本没话可说，所谓"知者不言，言者不知"。世尊在灵山会上，拈华示众，众皆寂然，唯迦叶破颜微笑，这会心微笑胜似千言万语。莲池大师说得好："世间酥醍醇醴，藏之弥久而弥美者，皆繇封锢牢密不泄气故。

古人云，'二十年不开口说话，向后佛也奈何你不得。'旨哉言乎！"二十年不开口说话，也许要把口闷臭，但是语言道断之后，性水澄清，心珠自现，没有饶舌的必要。基督教 Carthusian 教派也是以沉默静居为修行法门，经常彼此不许说话。"此中有真意，欲辩已忘言"。

庄子说："吾安得夫忘言之人，而与之言哉？"现在想找真正懂得沉默的朋友，也不容易了。

怒

　　一个人在发怒的时候，最难看。纵然他平夙面似莲花，一旦怒而变青变白，甚至面色如土，再加上满脸的筋肉扭曲、眦裂发指，那副面目实在不仅是可憎而已。俗语说，"怒从心上起，恶向胆边生"，怒是心理的也是生理的一种变化。人逢不如意事，很少不勃然变色的。年少气盛，一言不合，怒气相加，但是许多年事已长的人，往往一样的火发暴躁。我有一位姻长，已到杖朝之年，并且半身瘫痪，每晨必阅报纸，戴上老花镜，打开报纸，不久就要把桌子拍得山响，吹胡瞪眼，破口大骂。报上的记载，他看不顺眼。不看不行，看了呕气。这时候大家躲他远远的，谁也不愿逢彼之怒。过一阵雨过天晴，他的怒气消了。

　　《诗》云："君子如怒，乱庶遄沮；君子如祉，乱庶遄已。"这是说有地位的人，赫然震怒，就可以收拨乱反正之效。一般人还是以少发脾气少惹麻烦为上。盛怒之下，体内血球不知道要伤损多少，血压不知道要升高几许，总之是不卫生。而且血气沸腾之际，理智不大清醒，言行容易逾分，于人于己都不相宜。希腊哲学家哀皮克蒂特斯说："计算一下你有多少天不曾生气。在从前，我每天生气；有时每隔一天生气一次；后来每隔三四天生气一次；如果你一连三十天没有生气，就应该向上帝献祭表示感谢。"减少生气的次数便是修养的结果。修养的方法，说起来好难。另一位同属于斯多亚派的哲学家罗马的玛可斯·奥瑞利阿斯这样说："你因为一个人的无耻而愤怒的时候，要这样的问你自己：'那个无耻的人能不在这世界存在么？'那是不能的。不可能的事不必要求。"坏人不是不需要制裁，只是我们不必愤怒。如果非愤怒不可，也要控制那愤怒，使发而中节。佛家把"瞋"列为三毒之一，"瞋心甚于猛火"，克服瞋恚是修持的基本功夫之一。《燕丹子》说："血勇之人，怒而面赤；脉勇之人，怒而面青；骨勇之人，怒而面白；神勇之人，怒而色不变。"我想那神勇是从苦行修炼中得来的。生而喜怒不形于色，那天赋实在太厚了。

清朝初叶有一位李绂，著《穆堂类稿》，内有一篇《无怒轩记》，他说："吾年逾四十，无涵养性情之学，无变化气质之功，因怒得过，旋悔旋犯，惧终于忿戾而已，因以'无怒'名轩。"是一篇好文章，而其戒谨恐惧之情溢于言表，不失读书人的本色。

讲演

生平听过无数次讲演，能高高兴兴地去听，听得入耳，中途不打呵欠不打瞌睡者，却没有几次。听完之后，回味无穷，印象长留，历久弥新者，就更难得一遇了。

小时候在学校里，每逢星期五下午四时，奉召齐集礼堂听演讲，大部分是请校外名人莅校演讲，名之曰"伦理演讲"，事前也不宣布讲题，因为，学校当局也不知道他要讲什么。也很可能他自己也不知要讲什么。总之，把学生们教训一顿就行。所谓名人，包括青年会总干事、外交部的职业外交家、从前做过国务总理的、做过督军什么的，还有孔教会会长等等，不消说都是可敬的人物。他们说的话也许偶尔有些值得令人服膺弗失的，可是我一律"只作耳边风"。大概我从小就是不属于孺子可教的一类。每逢讲演，我把心一横，心想我卖给你一个钟头时间做你的听众之一便是。难道说我根本不想一瞻名人风采？那倒也不。人总是好奇，动物园里猴子吃花生，都有人围着观看。何况盛名之下世人所瞻的人物？闻名不如见面，不过也时常是见面不如闻名罢了。

你说的对，啊对对对

给我印象最深的两次演讲，事隔数十年未能忘怀。一次是听梁启超先生讲《中国文学里表现的情感》。时在民国十二年春，地点是清华学校高等科楼上一间大教室。主席是我班上的一位同学。一连讲了三四次，每次听者踊跃，座无虚席。听讲的人大半是想一瞻风采，可是听他讲得痛快淋漓，无不为之动容。我当时所得的印象是：中等身材，微露秃顶，风神潇散，声如洪钟。一口的广东官话，铿锵有致。他的讲演是有底稿的，用毛笔写在宣纸稿纸上，整整齐齐一大叠，后来发表在《饮冰室文集》。不过他讲时不大看底稿，有时略翻一下，更时常顺口添加资料。他长篇大段的凭记忆引诵诗词，有时候记不起来，愣在台上良久良久，然后用手指敲头三两击，猛然记起，便笑容可掬地朗诵下去。讲起《桃花扇》，诵到"高皇帝，在九天，也不管他孝子贤孙，变成了飘蓬断梗……"，竟涔涔泪下，听者愀然危坐，那景况感人极了。他讲得认真吃力，渴了便喝一口开水，掏出大块毛巾揩脸上的汗，不时的呼唤他坐在前排的儿子："思成，黑板擦擦！"梁思成便跳上台去把黑板擦干净。每次钟响，他讲不完，总要拖几分钟，然后他于掌声雷动中大摇大摆地徐徐步出教室。听众守在座位上，没有一个敢先离席。

又一次是民国二十年夏，胡适之先生由沪赴平，路过青岛，我们在青岛的几个朋友招待他小住数日，顺便请他在青岛大学讲演一次。他事前无准备，只得临时"抓哏"，讲题是《山东在中国文化上的地位》。他凭他平时的素养，旁征博引，由"齐一变至于鲁，鲁一变至于道"，讲到山东一般的对于学术思想文学的种种贡献，好像是中国文化的起源与发扬尽在于是。听者全校师生绝大部分是山东人，直听得如醍醐灌顶，乐不可支，掌声不绝，真是好像要把屋顶震塌下来。胡先生雅擅言词，而且善于恭维人，国语虽不标准，而表情非常凝重，说到沉痛处，辄咬牙切齿的一个字一个字的吐出来，令听者不由得不信服他所说的话语。他曾对我说，他是得力的圣经传道的作风，无论是为文或言语，一定要出之于绝对的自信，然后才能使人信。他又有一次演讲，一九六〇年七月他在西雅图"中美文化关系讨论会"用英文发表的一篇演说，题为《中国传统的未来》。他面对一些所谓汉学家，于一个多小时之内，缕述中国文化变迁的大势，从而推断其辉煌的未来，旁征博引，气盛言宜，赢得全场起立鼓掌。有一位汉学家对我说："这是一篇邱吉尔式（Churchillian）的演讲！"其实一篇言中有物的演讲，岂只是邱吉尔式而已哉？

一般人常常有一种误会，以为有名的人，其言论必定高明；又以为官做得大者，其演讲必定动听。一个人能有多少学问上的心得，处理事务的真知灼见，或是独特的经验，值得兴师动众，令大家屏息静坐以听？爱因斯坦，在某大学餐宴之后被邀致词，他站起来说："我今晚没有什么话好说，等我有话说的时候会再来领教。"说完他就坐下去了。过了些天他果然自动请求来校，发表了一篇精彩的演说。这个故事，知道的人很多，肯效法仿行的人太少。据说有一位名人搭飞机到远处演讲，言中无物，废话连篇，听者连连欠伸，冗长的演讲过后，他问听众有何问题提出，听众没有反应，只有一人缓缓起立问曰："你回家的飞机几时起飞？"

我们中国士大夫最忌讳谈金钱报酬，一谈到阿堵物，便显着俗。司马相如的一篇《长门赋》得到孝武皇帝、陈皇后的酬劳黄金百斤，那是文人异数。韩文公为人作墓碑铭文，其笔润也是数以斤计的黄金，招来谀墓的讥诮。郑板桥的书画润例自订，有话直说，一贯的玩世不恭。一般人的润单，常常不好意思自己开口，要请名流好友代为拟订。演讲其实也是吃开口饭的行当中的一种，即使是学富五车，事前总要准备，到时候面对黑压压的一片，即使能侃侃而谈，个把钟头下来，大概没有不口燥舌干的。凭这一份辛劳，也应该有一份报酬，但是邀请人来演讲的主人往往不作如是想。给你的邀请函不是已经极尽恭维奉承之能事，把你形容得真像是一个万流景仰而渴欲一瞻丰采的人物了么？你还不觉得踌躇满志？没有观众，戏是唱不成的。我们为你纠合这么大一批听众来听你说话，并不收取你任何费用，你好意思反过来向我们索酬？在你眉飞色舞唾星四溅的时候，我们不是没有恭恭敬敬地给你送上一杯不冷不烫的白开水，喝不喝在你。讲完之后，我们不是没有给你猛敲肉梆子；你打道回府的时候，我们不是没有恭送如仪，鞠躬如也地一直送到你登车绝尘而去。我们仁至义尽，你尚何怨之有？

天下不公平之事，往往如是，越不能讲演的人，偏偏有人要他上台说话；越想登台致词的人，偏偏很少机会过瘾。我就认识一个人，他略有小名，邀他讲演的人太多，使他不胜其烦。有一天（一九八〇年三月十七日）他在报上看到一则新闻《邱永汉先生访问记》，有这样的一段：

> 邱先生在日本各地演讲，每两小时报酬一百万圆，折合台币十五万。想创业的年轻人向他请益需挂号排队，面授机宜的时间每分钟一万圆。记者向他采访也照行情计算，每半小时两万圆。借阅资料每件五千圆。他太太教中国菜让电视台录影，也是照这行情。从三月初起，日本职业作家一齐印成采访价目一览表，寄往各报社，价格随石油物价的变动又有新的调整。

他看了灵机一动，何妨依样葫芦[①]？于是敷陈楮墨，奋笔疾书，自订润格曰："老夫精神日损，讲演邀请频繁。深闭固拒，有伤和气。舌敝唇焦，无补稻粱。爰订润例，稍事限制。各方友好，幸垂察焉。市区以内，每小时讲演五万元，市区以外倍之。约宜早订，款请先惠……"稿尚未成，友辈来访，见之大惊，咸以为不可。都说此举不合国情，而且后果堪虞。他一想这话也对，不可造次，其事遂寝。

[①] 此处应为"画葫芦"。编者注。

废话

  常有客过访，我打开门，他第一句话便是："您没有出门？"我当然没有出门，如果出门，现在如何能为你启门？那岂非是活见鬼？他说这句话也不是表讶异。人在家中乃寻常事，何惊诧之有？如果他预料我不在家才来造访，则事必有因，发现我竟在家，更应该不露声色，我想他说这句话，只是脱口而出，没有经过大脑，犹如两人见面不免说一句"今天天气……"之类的话，聊胜于两个人都绷着脸一声不吭而已。没有多少意义的话就是废话。

  人不能不说话，不过废话可以少说一点。十一世纪时罗马天主教会在法国有一派僧侣，专主苦修冥想，是圣·伯鲁诺所创立，名为 Carthusians，盖因地而得名，他的基本修行方法是不说话，一年到头的不说话。每年只有到了将近年终的时候，特准交谈一段时间，结束的时刻一到，尽管一句话尚未说完，大家立刻闭起嘴巴。明年开禁的时候，两人谈话的第一句往往是"我们上次谈到……"一年说一次话，其间准备的时光不少，废话一定不多。

  梁武帝时，达摩大师在嵩山少林寺，终日面壁，九年之久，当然也不会随便开口说话，这种苦修的功夫实在难能可贵。明莲池大师《竹窗随笔》有云："世间酽醯醯醴，藏之弥久而弥美者，皆繇封锢牢密不泄气故。古人云：'二十年不开口说话，向后佛也奈何你不得。'旨哉言乎！"一说话就怕要泄气，可是这一口气憋二十年不泄，真也不易。监狱里的重犯，常被判处独居一室，使无说话机会，是一种惩罚。畜牲没有语言文字，但是也会发出不同的鸣声表示不同的情意。人而不让他说话，到了寂寞难堪的时候真想自言自语，甚至说几句废话也是好的。

可是有说话自由的时候，还是少说废话为宜。"群居终日，言不及义，难矣哉！"那便是废话太多的意思。现代的人好像喜欢开会，一开会就不免有人"致词"，而致词者常常是长篇大论，直说得口燥舌干，也不管听者是否恹恹欲睡欠伸连连。《孔子家语》："庙堂右阶之前，有金人焉，三缄其口，而铭其背曰：'古之慎言人也。'"能慎言，当然于慎言之外不会多说废话。三缄其口只是象征，若是真的三缄其口，怎么吃饭？

串门子闲聊天，已不是现代社会所允许的事，因为大家都忙，实在无暇闲磕牙。不过也有在闲聊的场合而还侈谈本行的正经事者，这种人也讨厌。最可怕的是不经预先约定而闯上门来的长舌妇或长舌男，他们可以把人家的私事当作座谈的资料。某人资产若干，月入多少，某人芳龄几何，美容几次，某人帷薄不修，某人似有外遇……说得津津有味，实则有伤口业的废话而已。

/ 辑二 /
你说的对，啊对对对

行文也最忌废话。《朱子语类》里有两段文字：

欧公文，亦多是修改到妙处。顷有人买得他醉翁亭稿。初说滁州四面有山，凡数十字，末后改定，只曰："环滁皆山也"五字而已。如寻常不经思虑，信意所作言语，亦有绝不成文理者，不知如何。

南丰过荆襄，后山携所作以谒之。南丰一见爱之，因留款语。适欲作一文字，事多，因托后山为之，且授以意。后山文思亦涩，穷日之力方成，仅数百言，明日以呈南丰。南丰云："大略也好，只是冗字多，不知可为略删动否？"后山因请改窜。但见南丰就坐，取笔抹数处，每抹处连一两行，便以授后山，凡削去一二百字。后山读之，则其意尤完，因叹服，遂以为法，所以后山文字简洁如此。

前一段说的是欧阳修的《醉翁亭记》。开端第一句"环滁皆山也"，不说废话，开门见山，是从数十字中删汰而来。后一段记的是陈后山为文数百言，由曾巩削去一二百个冗字，而文意更为完整无瑕。凡为文者皆须知道文字须要锻炼，简言之，就是少说废话。

应酬话

两位素未谋面的人，一旦遇到了，经人略一介绍，或竟未经介绍，马上就要攀谈起来，并且要作出十分亲热的样儿，这不是一件容易事。非善于应酬者不办。

初出茅庐的后生小子，会到生人，面红耳赤，手忙脚乱，一句人话也说不出，假如旁边有一座钟，恐怕只有钟声滴滴答答的响着。善于应酬者，则不然了，他能于请教"尊姓""大名""台甫""府上"之后，额外寻出一套趣味浓厚的应酬话。其中的精粹，可以略举一二如下：

"今天的天气热啊！"

"是的，这两天热得难过。"

"下一阵雨就好了。"

"可不是，下一阵雨至少要凉快好几天呢。"这样的谈下去，可以延长半点多钟，而讨论的范围不出"天气"一端。旁边的人看着将不禁啧啧称叹曰：这两位士兄多么漂亮！多么健谈！多么会应酬！应酬至此，真可以出而问世矣！

但是除了天气之外,还有可谈的事物没有?凡是自己能辨明天气之冷热的人,常常感觉到,语言无味,还不如免开尊口,比较的可以令人不致笑出声来。

为什么不说实话？

听一个朋友说起一个有趣的故事，这是个老故事，但我是初次听见，所以以为有趣。他说：

有一家酒店，隔壁住着好几个酒徒，酒徒竟偷酒喝，偷酒的方法是凿壁成穴，以管入酒缸而吸饮之，轮流吸饮，每天夜晚习以为常。酒店老板初而惊讶酒浆损失之巨，继而暗叹酒徒偷饮技术之精，终乃思得报复之道。老板不动声色，入晚于置酒缸之处改置小便桶一，内中便溺洋溢，不可向迩。夜深人静，酒徒又来吮饮，争先恐后，欲解馋吻。甲尽力一吸，饱尝异味，挤眉咧嘴，汩汩自喉而下，刚要声张，旋思我若声张，别人必不再来上当，我独自吃亏，岂不太冤枉乎？有亏大家吃。于是甲连呼"好酒！好酒！"而退。乙继之，亦同样上当，亦同样不肯独自上当，亦连呼"好酒！好酒！"而退。丙丁戊己，循序而饮，以至于全体酒徒均得分润。事毕环立，相视而笑。

我听过这个故事之后，心里有一点儿明白为什么有些人不肯说老实话。有些人宁愿自己吃亏，宁愿跟着别人吃亏，宁愿套引别

/ 辑二 /
你说的对，啊对对对

人跟着他吃亏，而也不愿意把自己所实感的坦白直说出来。因为说出来之后，别人就不再吃亏，而他自己就显着特别委屈。别人和他同样的吃亏，他就觉得有人陪着他吃亏了，不冤枉了。

我又想：万一其中有一个心直口快，将老实话脱口而出，这个人将要受怎样的遭遇呢？我想这个人是不受欢迎的，并且还要受到诅咒，尤其是那些已经饮过小便而貌做饮过醇酿的人，必定要骂这个人是个呆瓜！

要下水，大家拖下水。谁也不说老实话，说老实话就是呆瓜！

这种心理，到处皆然，要不得！

讲价

韩康采药名山，卖于长安市，三十余年，口不二价。这并不是说三十余年物价没有波动，这是说他三十余年没有讲过一次谎。就凭这一点怪脾气，他的大名便入了《后汉书》的《逸民列传》。这并不证明买卖东西无需讲价是我们古已有之的固有道德，这只是证明自古以来买卖东西就得要价还价，出了一位韩康，便是人瑞，便可以名垂青史了。韩康不但在历史上留下了佳话，在当时也是颇为著名的。一个女子向他买药，他守价不移，硬是没得少。女子大怒，说："难道你是韩康，一个钱没得少？"韩康本欲避名，现在小女子都知道他的大名，吓得披发入山。卖东西不讲价，自古以来是多么难得！我们还不要忘记韩康"家世著姓"，本不是商人，如果是个"逐什一之利"的，有机会能得什二什三时岂不更妙？

从前有些店铺讲究货真价实，"言不二价""童叟无欺"的金字招牌偶然还可以很骄傲地悬挂起来，不必大减价雇吹鼓手，主顾自然上门。这种事似乎渐渐少了。童叟根本也不见得好欺侮，而且买卖大半是流动的，无所谓主顾，不讲价还是不过瘾，不七折

/ 辑二 /
你说的对，啊对对对

八扣显着买卖不和气，交易一成买者就又会觉得上当。在尔虞我诈的情形之下，讲价便成为交易的必经阶段，反正是"漫天要价，就地还钱"，看看谁有本事谁讨便宜。

我买东西很少的时候能不比别人的贵。世界上有一种人，喜欢到人家里面调查物价，看看你家里有什么东西都要打听一下是用什么价钱买的，除非你在每一事物上都粘上一个纸签标明价格，否则将不胜其啰唣。最扫兴的是，我已经把真的价钱瞒起，自欺欺人的只说了一半的价钱来搪塞他，他有时还会把头摇得像个拨浪鼓似的，表示你上了弥天的大当！我承认，有些人是特别的善于讲价，他有政治家的脸皮，外交家的嘴巴，杀人的胆量，钓鱼的耐心，坚如铁石，韧似牛皮，所以他能压倒那待价而沽的商人。我尝虚心请教，大概归纳起来讲价的艺术不外下列诸端：

第一，要不动声色。进得店来，看准了他没有什么你就要什么，使得他显得寒伧，先有几分惭愧，然后无精打采地道出你所真心要买的东西。伙计于气馁之余，自然欢天喜地地捧出他的货色，价钱根本不会太高。如果偶然发现一项心爱的东西，也不可失声大叫，如获异宝，必要行若无事，淡然处之，于打听许多种物价之后，随意问询及之，否则你打草惊蛇，他便奇货可居了。

第二，要无情地批评。甘瓜苦蒂，天下物无全美。你把货物捧在手里，不忙鉴赏，先求其疵缪之所在，不厌其详地批评一番，尽量的道出它的缺点。有些物事，本是无懈可击的，但是"嗜好不

095

能争辩",你这东西是红的,我偏喜欢白的,你这东西是大的,我偏喜欢小的。总之,是要把东西褒贬得一文不值缺点百出,这时候伙计的脸上也许要一块红一块白的不大好看,但是他的心里软了,价钱上自然有了商量的余地,我在委曲迁就的情形之下来买东西,你在价钱上还能不让步么?

第三,要狠心还价。先假设,自从韩康入山之后每个商人都是说谎的。不管价钱多高,拦腰一砍。这需要一点胆量,狠得下心,说得出口,要准备看一副嘴脸。人的脸是最容易变的,用不了加多少钱,那副愁云惨雾的苦脸立刻开霁,露出一缕春风。但这是最紧要的时候,这是耐心的比赛,谁性急谁失败,他一文一文的减,你就一文一文的加。

第四,要有反顾的勇气。交易实在不成,只好掉头而去,也许走不了多远,他会请你回来,如果他不请你回来,你自己要有回来的勇气,不能负气,不能讲究"义不反顾,计不旋踵"。讲价到了这个地步,也就山穷水尽了。

这一套讲价的秘诀,知易行难,所以我始终未能运用。我怕费功夫,我怕伤和气,如果我粗脖子红脸,我身体受伤,如果他粗脖子红脸,我精神上难过。我聊以解嘲的方法是记起郑板桥爱写的那四个大字:"难得糊涂"。

《淮南子》明明的记载着"东方有君子之国",但是我在地图上却找不到。《山海经》里也记载着"君子国衣冠带剑,其人好让不争",但只有《镜花缘》给君子国透露了一点消息。买物的人说:"老兄如此高货,却讨恁般贱价,教小弟买去,如何能安?务求将价加增,方好遵教。若再过谦,那是有意不肯赏光交易了。"卖物的人说:"既承照顾,敢不仰体?但适才妄讨大价,已觉厚颜,不意老兄反说货高价贱,岂不更教小弟惭愧?况敝货并非'言无二价',其中颇有虚头。"照这样讲来,君子国交易并非言无二价,也还是要讲价的,也并非不争,也还有要费口舌唾液的。什么样的国家才能买东西不讲价呢?我想与其讲价而为对方争利,不如讲价而为自己争利,比较的合于人类本能。

有人传授给我在街头雇车的秘诀:街头孤零零的一辆车,车夫红光满面鼓腹而游的样子,切莫睬他;如果三五成群鸠形鹄面,你一声吆喝便会蜂拥而来,竞相延揽,车价会特别低廉。在这里我们发现人性的一面——残忍。

推销术

一位朋友在美国旅行，坐在火车上昏昏欲睡，蓦然觉得肘边一触，发现在椅子上扶手的地方有一张小纸，纸上有十几颗油炸花生，鲜红的、油汪汪的、洒着盐粒的油炸花生。这是哪里来的呢？他回头一看，有一位身材高大的人端着一盘油炸花生刚刚走过去，他手里还拿着一把银匙，他给每人面前放下一张纸，然后挖一勺花生。我的朋友是刚刚入境，尚未问俗，觉得好生奇怪，不知这个人是作甚么的。是卖花生的么？我既没有要买，他也并未要钱。只见他把花生定量配发以后，就匆匆地到另外一个车厢里去了。花生是富于诱惑性的，人在无聊的时候谁忍得住不捏一颗花生往口里送？既送进一颗之后，把馋虫逗起来了，谁忍得住不再拿第二颗？甚么东西都好抵抗，唯独诱惑最难抵抗。车上的客人都在蠕动着嘴巴嚼花生了，我的朋友也随着大家吃起来了。十几颗花生是禁不住几嚼的，霎时间，花生吃完了。可是肚子里不答应，嘴里也闹得慌，比当初不吃还难受。正在这难熬的当儿，那个大高个儿又来了。这一回他是提着一个大篮子，里面是一袋一袋的炸花生，两角钱一袋。

/ 辑二 /
你说的对，啊对对对

旅客几乎没有不买一两袋的。吃过十几颗而不再买的也有，那大个子也只对他微微一笑，走过去了。原来起先配发的十几颗是样品，不取值。好精明的推销术！

我的朋友说，还有比这更霸道的。在家里住得好好的，忽然邮差送来一个小小的包裹，打开一看是肥皂公司寄来的两块肥皂，附着一封信，挺客气，恭维你一大顿，说只有你才配用这样超等的肥皂，这种肥皂如果和脸一接触，那感觉就比和任何别种东西接触都来得更为浑身通泰，临完是祝你一家子康健。我的朋友愣住了，问太太，问小姐，谁也没有要买他的肥皂。已经寄来了，就搁着吧。过了很久，也没有下文，不知是在哪一天也就拉扯着用了。也说不上好坏，反正可以起白沫子下油泥就是了。可是两块肥皂刚用完，信来了，问你要订购多少块，每块五角。我的朋友置之不理。过些天第三封信来了，这一回措词还很客气，可是骨子里有点硬了，他问你为什么缘故不订购他的肥皂，是为了价钱贵么，是为了香气不够么，是为了硬度不合么，是为了颜色不美么……列举了一大串理由，要你在那小方格里打个记号，活像是民意测验。我的朋友火了，把测验纸放进应该放进的地方去，骂了一句美国式的国骂。又过了不久，第四封信来了，措词还是很谦逊，算是偿付那两块肥皂的价钱，便彼此两清了。人的耐性是有限度的，谁的耐性小谁算是输了。我的朋友赌气寄一元钱去，其怪遂绝。

据说某一医生也同样的收到这样的肥皂两块，也接到了四封

099

啰嗦的信。他的应付的方法是寄一小包药片给他，也恭维他一大顿，说只有您阁下才配吃这样的妙药，也问他要订购多少瓶，也问他为甚么不满意，最后也是索价一元，但是无庸寄钱了，彼此抵消，两清。

这样的情形，在我们国内不易发生。谁舍得把一勺勺花生或一块块肥皂白白的当样品送出去？既送出之后，谁能再收回成本？我们是最现实的，得到一点点便宜之后，决不会再吐出来的。

可是我们也有我们传统的推销术，我们自古以来就讲究"良贾深藏若虚"。这是以退为进、以柔克刚的老法宝，我有一票货，无须大吹大擂，不必雇一队洋吹鼓手游街，亦无须都倒翻出来摆在玻璃窗里开展览会，更不花冤钱登广告，我干脆不推销，死等着顾客自己上门。买卖做得硬气，门口标明"只此一家，并无分店"。连分店都不肯设，多么橛！但是货出了名，自然有人上门，有人几百里跑来买东西。不推销反成为最好的推销术。

这样不推销的推销术，在北平最合适。北平有些店铺，主顾上门，不但不急着兜揽生意，而且于客气之中还寓有生疏之意。例如书店，进得店门，四壁图书虽然塞得满满的，但尽是些普通书籍，你若问他有甚么好书，他说没有甚么，你说随便看看，他说请看请看。结果是你甚么好书也看不见。但是你若去过几次，做成几回生意，情形就不同了，他会请你到里柜坐，再过些时请到后柜坐，升堂入室之后，箱子里的好书、善本陆陆续续的都拿出来了。

宋版的、元椠的，琳琅满目，还小声地嘱咐你，不要对外人说。于生意之外，还套着交情。

水果店也有类似的情形。你别看外面红红绿绿的摆着一大堆，有好的也有坏的，顶好的一路却在后面筐里藏着呢！你若不开口要看后面藏着的货色，他绝不给你看。后面筐里，盖着一张张绵纸，揭开一看，全是没有渣儿的上等货。

这种"深藏若虚"的推销术有它的存在的理由。货物并非大量生产，所以无需急于到处推销。如果宋版书一刷就是几万份，也得放在地摊上一折八扣。如果莱阳梨、肥城桃大批运到北平，也不能一声不响地藏在后柜。而且社会相当稳定，买东西的人是固定的那么些个人，今年上门明年一定还来，几十年下来，不能有甚么大的变动。所以，小至酸梅汤、酱羊肉、茯苓饼、灌肠、薄脆、豆腐脑，都有一定的标准店铺，口碑相传，决无错误。如今时代不同了，人口在流动，家族在崩析，到处都像是个码头，今年不知明年事，所以商店的推销术也起了急剧的变化。就是在北平，你看，杂货店开张也要有两位小姐剪彩，油盐店也要装置大号的收音机，饭馆也要装霓虹招牌，满街上奇形怪状的广告，不是欢迎参观，就是敬请比较，不是货涌如山，就是拼命削价，惟恐主顾不上门——只欠门口再站两个彪形大汉，见人就往里拉！

小声些！

我觉得我们中国人的喉咙之大,在全世界,可称首屈一指。无论是开会发言、客座谈话、商店交易,或其他公众的地方,说话的声音时常是尖而且锐,声量是洪而且宽,耳膜脆弱一点的人,往往觉得支持不住。我们的华侨在外国,谈起话来,时常被外国人称做"吵闹的勾当"（Noisy business）,我以为是良有以也。

在你好梦正浓的时候,府上后门便发一声长吼,接着便是竹帚和木桶的声音。那一声长吼是从人喉咙里发出来的,然而这喉咙就不小,在外国就是做一个竞争选举时的演说员,也绰绰有余。

挑着担子的小贩,走进弄堂,扯开嗓子连叫带唱地喊一顿,我时常想象着他的面红筋突的样子。假如弄里有出天花的老太太,经他这一喊,就许一惊而绝。

坐在影戏院里,似乎大家都可以免开尊口了,然而也不尽然,你背后就许有两位太太叽叽咕咕地谈论影片里的悲欢离合,你越不爱听,她的声音越高。在火车里,在轮船里,听听那滔滔不断的谈话的声音,真足以令人后悔生了两只耳朵。

喉咙稍微大一点，不算丑事，且正可以表示我们的一点国民性——豪爽、直率、堂皇。不过有时为耳部卫生起见，希望这一点国民性不必十分的表现出来。朋友们，小声些！

"旁若无人"

在电影院里,我们大概都常遇到一种不愉快的经验。在你聚精会神地静坐着看电影的时候,会忽然觉得身下坐着的椅子颤动起来,动得很匀,不至于把你从座位里掀出去,动得很促,不至于把你颠摇入睡,颤动之快慢急徐,恰好令你觉得他讨厌。大概是轻微地震吧?左右探察震源,忽然又不颤动了。在你刚收起心来继续看电影的时候,颤动又来了。如果下决心寻找震源,不久就可以发现,毛病大概是出在附近的一位先生的大腿上。他的足尖踏在前排椅撑上,绷足了劲,利用腿筋的弹性,很优游的在那里发抖。如果这拘挛性的动作是由于羊癫疯一类的病症的暴发,我们要原谅他,但是不像,他嘴里并不吐白沫。看样子也不像是神经衰弱,他的动作是能收能发的,时作时歇,指挥如意。若说他是有意使前后左右两排座客不得安生,却也不然。全是陌生人无仇无恨,我们站在被害人的立场上看,这种变态行为只有一种解释,那便是他的意志过于集中,忘记旁边还有别人,换言之,便是"旁若无人"的态度。

"旁若无人"的精神表现在日常行为上者不只一端。例如欠伸，原是常事，"气乏则欠，体倦则伸"。但是在稠人广众之中，张开血盆巨口，作吃人状，把口里的獠牙显露出来，再加上伸胳臂伸腿如演太极，那样子就不免吓人。有人打哈欠还带音乐的，其声呜呜然，如吹号角，如鸣警报，如猿啼，如鹤唳，音容并茂。《礼记》："侍坐于君子，君子欠伸，撰杖屦，视日蚤莫，侍坐者请出矣。"是欠伸合于古礼，但亦以"君子"为限，平民岂可援引！对人伸胳臂张嘴，纵不吓人，至少令人觉得你是在逐客，或是表示你自己不能管制你自己的肢体。

邻居有叟，平常不大回家，每次归来必令我闻知。清晨有三声喷嚏，不只是清脆，而且宏亮，中气充沛。根据那声音之响我揣测必有异物入鼻，或是有人插入纸捻，那声音撞击在脸盆之上有金石声！随后是大排场的漱口，真是排山倒海，犹如骨鲠在喉，又似苍蝇下咽。再随后是三餐的饱嗝，一串串的咯声，像是下水道不甚畅通的样子。可惜隔着墙没能看见他剔牙，否则那一份刮垢磨光的钻探工程，场面也不会太小。

这一切"旁若无人"的表演究竟是偶然突发事件，经常令人困恼的乃是高声谈话。在喊"救命"的时候，声音当然不嫌其大，除非是脖子被人踩在脚底下，但是普通的谈话似乎可以令人听见为度，而无需一定要力竭声嘶的去振聋发聩。生理学家告诉我们，发音的器官是很复杂的，说话一分钟要有九百个动作，有一百块筋肉在弛张；但是大多数人似乎还嫌不足，恨不得嘴上再长一个扩大器。有个外国人疑心我们国人的耳鼓生得异样,那层膜许是特别厚,非扯着脖子喊不能听见,所以说话总是像打架。这批评有多少真理,我不知道。不过我们国人会嚷的本领,是谁也不能否认的。电影场里电灯初灭的时候,总有几声"嗳哟,小三儿,你在哪儿哪?"在戏院里,演员像是演哑剧,大锣大鼓之声依稀可闻,主要的声音是观众鼎沸,令人感觉好像是置身蛙塘。在旅馆里,好像前后左右都是庙会,不到夜深休想安眠,安眠之后难免没有响皮底的大皮靴,毫无惭愧的在你门前踱来踱去。天未大亮,又有各种市声前来侵扰。一个人大声说话,是本能;小声说话,是文明。以动物而论,狮吼、狼嗥、虎啸、驴鸣、犬吠,即是小如促织、蚯蚓,声音都不算小,都不会像人似的有时候也会低声说话。大概文明程度愈高,说话愈不以声大见长。群居的习惯愈久,愈不容易存留"旁若无人"的幻觉。我们以农立国,乡间地旷人稀,畎亩阡陌之间,低声说一句"早安"是不济事的,必得扯长了脖子喊一声"你吃过饭啦?"可怪的是,在人烟稠密的所在,人的喉咙还是不能缩小。更可异的是,纸驴嗓、破锣嗓、喇叭嗓、公鸡嗓,并不被一般的认为是缺陷,而且麻衣相法还公然地说,声音洪亮者主贵!

叔本华有一段寓言:

> 一群豪猪在一个寒冷的冬天挤在一起取暖;但是他们的刺毛开始互相击刺,于是不得不分散开。可是寒冷又把他们

驱在一起，于是同样的事故又发生了。最后，经过几番的聚散，他们发现最好是彼此保持相当的距离。同样的，群居的需要使得人形的豪猪聚在一起，只是他们本性中的带刺的令人不快的刺毛使得彼此厌恶。他们最后发现的使彼此可以相安的那个距离，便是那一套礼貌；凡违犯礼貌者便要受严词警告——用英语来说——请保持相当距离。用这方法，彼此取暖的需要只是相当的满足了；可是彼此可以不至互刺。自己有些暖气的人情愿走得远远的，既不刺人，又可不受人刺。

逃避不是办法。我们只是希望人形的豪猪时常的提醒自己：这世界上除了自己还有别人，人形的豪猪既不止我一个，最好是把自己的大大小小的刺毛收敛一下，不必像孔雀开屏似的把自己的刺毛都尽量的伸张。

礼貌来源于何人

辑三

我们至少总应希望，一个人穿上衣服戴了装饰品之后，远远望过去仍然还是像人。然而这个希望，时常只是个希望。

何人

来者

礼貌源于

谈礼

礼不是一件可怕的东西,不会"吃人"。礼只是人的行为的规范。人人如果都自由行动,社会上的秩序必定要大乱。法律是维持秩序的一套方法,但是关于法律的力量不及的地方,为了使人能更像是一个人,使人的生活更像是人的生活,礼便应运而生。礼是一套法则,可能有官方制定的成分在内,亦可能有世代沿袭的成分在内,在基本精神上还是约定俗成的性质,行之既久,便成为大家公认共守的一套规则。一套礼法也不是一成不变的,事实上是随时在变,不过可能变得很慢,可能赶不上时代环境之变迁得那样快,因此至少在形式上可能有一部分变成不合时宜的东西。礼,除非是太不合理,总是比没有礼好。这道理有一点像"坏政府胜于无政府"。有些人以为礼是陈腐的有害的东西,这看法是不对的。

我们中国是礼仪之邦,一向是重礼法的。见于书本的古代的祭礼、丧礼、婚礼、士相见礼等等,那是一套。事实上社会上流行的又是一套。现行的一套即是古礼之逐渐的个别的修正,虽然各地情形不同,大体上尚有规模存在,等到中西文化接触之后便比较有紊乱的现象了。紊乱尽管紊乱，礼还是有的，制礼定乐之事也许不是当前急务，事实上吾人之生活中未曾一日无礼的活动。问题是我们是否认真地严肃地遵循着礼。孔门哲学以"克己复礼"为做人的大道理，意即为吾人行事应处处约束自己，使合于礼的规范。怎样才是非礼勿视、非礼勿言、非礼勿动，那是值得我们随时思考警惕的。

读书人应该知道礼，但是有些人偏不讲礼，即所谓名士。六朝时这种名士最多，《世说新语》载阮籍的一句话最有趣："礼岂为我辈设也？"好像礼是专为俗人而设。又载这样的一段：

阮步兵丧母，裴令公往吊之。阮方醉，散发坐床，箕踞不哭。裴至，下席于地，哭唁毕，便去。或问裴曰："凡吊，主人哭，客乃为礼，阮既不哭，君何为哭？"裴曰："阮方外之人，故不崇礼制，我俗辈中人，故以仪轨自居。"时人叹为两得其中。

没有阮籍之才的人，还是以仪轨自居为宜。像阮步兵之流，我们可以欣赏，不可以模仿。

中西礼节不同。大部分在基本原则上并无二致，小部分因各有传统亦不必强同。以中国人而用西方的礼，有时候觉得颇不合适，如必欲行西方之礼，则应知其全部底蕴，不可徒放其皮毛，而乱加使用。例如，握手乃西方之礼，但后生小子在长辈面前不可

/ 辑三 /
礼貌源于，来者何人

首先遽然伸手，因为长幼尊卑之序终不可废，中西一理。再例如，祭祖先是我们家庭传统所不可或缺的礼，其间绝无迷信或偶像崇拜之可言，只是表示"慎终追远"的意思，亦合于我国所谓之孝道，虽然是西礼之所无，然义不可废。我个人觉得，凡是我国之传统，无论其具有何种意义，苟非荒谬残酷，均应不轻予废置。再例如，电话礼貌，在西方甚为重视，访客之礼、探病之礼，均有不成文之法则，吾人亦均应妥为仿行，不可忽视。

礼是形式，但形式背后有重大的意义。

礼貌

前些年有一位朋友在宴会后引我到他家中小坐。推门而入，看见他的一位少爷正躺在沙发椅上看杂志。他的姿式不大寻常，头朝下，两腿高举在沙发靠背上面，倒竖蜻蜓。他不怕这种姿式可能使他吃饱了饭呕出来，这是他的自由。我的朋友喊了他一声："约翰！"他好像没听见，也许是太专心于看杂志了。我的朋友又说："约翰！起来喊梁伯伯！"他听见了，但是没有什么反应，继续看他的杂志，只是翻了一下白眼，我的朋友有一点窘，就好像耍猴子的敲一声锣教猴子翻筋斗而猴子不肯动，当下喃喃的自言自语："这孩子，没礼貌！"我心里想：他没有跳起来一拳把我打出门外，已经是相当的有礼貌了。

礼貌之为物，随时随地而异。我小时在北平，常在街上看见戴眼镜的人（那时候的眼镜都是两个大大的滴溜圆的镜片，配上银质的框子和腿）。他一遇到迎面而来的熟人，老远的就刷的一下把眼镜取下，握在手里，然后向前紧走两步，两人同时口中念念有词互相蹲一条腿请安。我至今不明白为什么二人相见要先摘下眼镜。

辑三
礼貌源于，来者何人

戴着眼镜有什么失敬之处？如今戴眼镜的人太多了，有些人从小就成了四眼田鸡，摘不胜摘，也就没人见人摘眼镜了。可见礼貌随时而异。

人在屋里不可以峨大冠，中外皆然，但是在西方则女人有特权，屋里可以不摘帽子。尤其是从前的西方妇女，她们的帽子特大，常常像是头上顶着一个大鸟窝，或是一个大铁锅，或是一个大花篮，奇形怪状，不可方物。这种帽子也许戴上摘下都很费事，而且摘下来也难觅放置之处，所以妇女可以在室内不摘帽子。多半个世纪之前，有一次在美国，我偕友进入电影院，落座之后，发现我们前排座位上有两位戴大花冠的妇人，正好遮住我们的视线。我想从两顶帽子之间的空隙窥看银幕亦不可得，因为那两顶大帽子不时的左右移动。我忍耐不住，用我们的国语低声对我的友伴说："这两个老太婆太可恶了，大帽子使得我无法看电影。"话犹未了，一位老太婆转过头来，用相当纯正的中国话对我说："你们二位是刚从中国来的么？"言罢把帽除去。我窘不可言。她戴帽子不失礼，我用中国话背后斥责她，倒是我没有礼貌了。可见礼貌也是随地而异。

西方人的家是他的堡垒，不容闲杂人等随便闯入，朋友访问以时，而且照例事前通知。我们在这一方面的礼貌好像要差一些。我们的中上阶级人家，深宅大院，邻近的人不会随便造访。中下的小户人家，两家可以共用一垛墙，跨出门不需要几步就到了邻舍，

115

就容易有所谓串门子闲聊天的习惯。任何人吃饱饭没事做，都可以踱到别人家里闲磕牙，也不管别人是否有工夫陪你瞎嚼蛆。有时候去的真不是时候，令人窘，例如在人家睡的时候，或吃饭的时候，或工作的时候，实在诸多不便，然而一般人认为这不算是失礼。一聊没个完，主人打哈欠，看手表，客人无动于衷，宾至如归。这种串门子的陋习，如今少了，但未绝迹。

探病是礼貌，也是艺术。空手去也可以，带点东西来无妨。要看彼此的关系和身份加以斟酌。有的人病房里花篮堆集如山，像是店铺开张，也有病人收到的食物冰箱里装不下。探病不一定要面带戚容，因为探病不同于吊丧，但是也不宜高谈阔论有说有笑，因为病房里究竟还是有一个病人。别停留过久，因为有病的人受不了，没病的人也受不了。除非特别亲近的人，我想寄一张探病的专用卡片不失为彼此两便之策。

吊丧是最不愉快的事，能免则免。与死者确有深交，则不免抚棺一恸。人琴俱亡，不执孝子手而退，抚尸陨涕，滚地作驴鸣而为宾客笑都不算失礼。吊死者曰吊，吊生者曰唁。对生者如何致唁语，实在难于措词。我曾见一位孝子陪灵，并不匍伏地上，而是翘起二郎腿坐在椅子上，嘴里叨着纸烟，悠然自得。这是他的自由，然而不能使吊者大悦。西俗，吊客照例绕棺瞻仰遗容。我不知道遗容有什么好瞻仰的，倒是我们的习惯把死者的照片放大，高悬灵桌之上，供人吊祭，比较合理。或多或少患有"恐尸症"的人，看了面如黄蜡白蜡的一张面孔，会心里难过好几天，何苦来哉？在殡仪馆的院子里，通常麇集着很多的吊客，不像是吊客，像是一群人在赶集，热闹得很。

关于婚礼，我已谈过不止一次，不再赘。

饮宴之礼，无论中西都有一套繁文缛节。我们现行的礼节之最令人厌烦的莫过于敬酒。主人敬酒是题中应有之义，三巡也就够了。客人回敬主人，也不可少。唯独客人与客人之间经常不断地举杯，此起彼落，也不管彼此是否相识，也一一地皮笑肉不笑地互相敬酒。有些人根本不喝酒，举起茶杯汽水杯充数。有时候正在低头吃东西，对面有人向你敬酒，你若没有觉察，对方难堪，你若随时敷衍，不胜其扰。这种敬酒的习惯，不中不西，没有意义，应该简化。还有一项陋习就是劝酒，说好说歹，硬要对方干杯，创出"先干为敬"的谬说，要挟威吓，最后是捏着鼻子灌酒，甚至演出全武行，礼貌云乎哉？

商店礼貌

常听人说起北平商店的伙计接待客人如何的彬彬有礼、一团和气，并且举出许多实例以证明其言之不虚。我是北平人，应知北平事，这一番夸奖的话的确不算是过誉，不过"北平"二字最好改为"北京"，因为大约自从北京改称北平那年以后，北平商店也渐渐起了变化，向若干沿海通商大埠的作风慢慢地看齐了。

到瑞蚨祥买绸缎，一进门就可以如入无人之境，照直的往里闯，见楼梯就上，上面自有人点头哈腰，奉茶献烟，陪着聊两句闲天，然后依照主顾的吩咐，支使徒弟东搬一块锦缎，西搬一块丝绒，抖擞满一大台面。任你褒贬挑剔，把嘴撅得瓢儿似的，店伙在一旁只是陪笑脸，不吭一口大气。多买少买，甚至不买，都没有关系，客人扬长而去，伙计恭送如仪。凡是殷实的正派的商店，所用的伙计都是科班学徒出身，从端尿盆捧夜壶起，学习至少三年，才有资格出任艰巨，更磨练一段时间才能站在柜台后面应付顾客，最后方能晃来晃去地招待来宾。那"和气生财"的作风是后天的慢慢熏陶出来的。若是临时招聘的职员，他们的个性自然比较发达，

/ 辑三 /
礼貌源于，来者何人

谁还肯承认顾客至上？

从前饭馆的伙计也是训练有素的，大概都是山东人，不是烟台的就是济南的。一进门口就有人起立迎迓："二爷来啦！""三爷来啦！"客人排行第几，他都记得，因为这个古城流动户口很少，而且饭馆顾客喜欢赉临他所习惯去的地方。点菜的时候，跑堂的会插嘴："二爷，别吃虾仁，虾仁不新鲜！"他会提供情报："鲫鱼是才打包的，一斤多重。"一阵磋商之后，恰到好处的菜单拟好了。等菜不来，客人不耐烦拿起筷子敲盘叮当声，在从前这是极严重的事，这表示招待不周。执事先生一听见敲盘声就要亲自出面道歉，随后有人打起门帘让客人看看那位值班跑堂的扛着铺盖走出大门——被辞退了。事实上他是从大门出去又从后门回来了。客人要用什么样的酒，不需开口，跑堂早打了电话给客人平素有交往的酒店："×××街的×二爷在我们这里，送三斤酒来。"二爷惯用的那种多少钱一斤的酒就送来了，没有错。客人临去的时候，由堂口直到账房，一路有人喝送客，像是官府喝道一般。到了后来才有高呼小账若干若干的习惯，不是为客人听了脸上光彩，是为了小账目公开，预备聚在一起大家均分，防止私弊。以后世风日下，如果小账太少，堂倌怪声怪调地报告数目，那就是有意的挖苦了，哪里还有半点礼貌？

不消说，最讲礼貌的是椆厂，椆厂即是制售棺木的商店。给老人家预订寿材，不失为有备无患之举，虽然不是愉快的事，交易

119

的气氛却是愉快之极。掌柜的一团和气，领客去看木板，楠木的、杉木十三圆的，一副一副地看，他不劝你买，不催你买，更不怂恿你多看几具，也不张罗着给你送到府上，只是一味地随和。这真是模范商店！这种商店后来是否也沾染了时代的潮流，是否伙计也是直眉竖眼、冷若冰霜、拒人千里之外就不得而知了。

同仁堂丸散膏丹天下闻名，柜台前永远是里三层外三层地挤满顾客，只消远远地把购药单高高举起，店伙看到单子上密密麻麻，便争着伸手来抢——因为他们的店规是伙计们按照实绩提成计酬。用不着排队，无所谓先来后到，大主顾先伺候，小生意慢慢来，也不是全无秩序。可怜挤在柜台前面的，尽是些闻名而来的乡巴佬！

买东西的人并不希冀什么礼遇，交易而来，成交而返，只要不遭白眼不惹闲气。逐什一之利的人也不必镇日价堆着笑脸，除非他是天生的笑面虎。北平几度沧桑，往日的生活方式早已不可复见。我一听起有人谈到北平人的礼貌，便不免有今昔之感。

礼失而求诸野。在"野"的地方我倒是常受到礼貌的待遇。到银行去取款，行员一个个的都是盛装，男的打着领结，女的花枝招展，点头问讯，如遇故旧。把折子还给你，是用双手拿着递给你，不是老远的像掷铁环似的飞抛给你。如果是星期五，临去时还会祝你有一个快乐的周末，这一声祝语有好大的效力，真能使你有一个快乐的周末，还可能不止一个！有一次在一家杂货店给孩子买一只手表,半月后秒针脱落,不费任何唇舌就换了一只回来,而且店员连声道歉,说明如再出毛病仍可再换或是退款,一点也没有伤了和气。还有一回在超级市场买一个南瓜馅饼,回来切开一看却是苹果馅,也就胡乱吃了下去。过了一个月,又见标签为南瓜的馅饼,便叮问店员是否名符其实的南瓜馅饼,具以过去经验告之。店员不但没有愠意,而且大喜过望,自承以前的确有过一次张冠李戴的误失,只是标签贴错无法查明改正;"你是第二个前来指正我们的顾客,无以为敬,谨以这个南瓜馅饼奉赠。"相与呵呵大笑。这样的事随时随处皆可遇到,不算是好人好事,也不算是模范店员,没有人表扬。

为什么在野的地方一般人的表现反倒不野?我想没有方法可以解释,除非是他们的牛奶喝得多,睡觉睡得足。《管子》曰:"仓廪实则知礼节,衣食足则知荣辱。"这道理我们早就懂得。

让

初到西方旅游的人,在市区中比较交通不繁的十字路口,看到并无红绿灯指挥车辆,路边常竖起一个牌示,大书 Yield 一个字,其义为"让",觉得奇怪。等到他看见往来车辆的驾驶人,一见这个牌示,好像是面对纶绋一般,真个的把车停了下来,左顾右盼,直到可以通行无阻的时候才把车直驶过去。有时候路上根本并无车辆横过,但是驾驶人仍然照常停车。有时候有行人穿越,不分老少妇孺,他也一律停车,乖乖地先让行人通过。有时候路口不是十字,而是五六条路的交叉路口,则高悬一盏闪光警灯,各路车辆到此一律停车,先到的先走,后到的后走。这种情形相当普遍,他更觉得奇怪了,难道真是礼失而求诸野?

据说:"让"本是我们"固有道德"的一个项目,谁都知道孔融让梨、王泰推枣的故事。《左传》老早就有这样的嘉言:"让,德之主也。"(《昭十》)"让,礼之主也。"(《襄十三》)《魏书》卷二十记载着东夷弁辰国的风俗:"其俗,行者相逢,皆住让路。"当初避秦流亡海外的人还懂得"行者相逢皆住让路"的道理,所以史官秉笔特别标出，表示礼让乃泱泱大国的流风遗韵，远至海外，犹堪称述。我们抛掷一根肉骨头于群犬之间，我们可以料想到将要发生什么情况。人为万物之灵，当不至于狼奔豕窜地攘臂争先地夺取一根骨头。但是人之异于禽兽者几希，从日常生活中，我们可以窥察到懂得克己复礼的道理的人毕竟不太多。

在上下班交通繁忙的时刻，不妨到十字路口伫立片刻，你会看到形形色色的车辆，有若风驰电掣，目不暇给。从前形容交通频繁为车水马龙，如今马不易见，车亦不似流水，直似迅濑哮吼，惊波飞薄。尤其是一溜臭烟噼噼啪啪呼啸而过的成群机车，左旋右转，见缝就钻，比电视广告上的什么狼什么豹的还要声势浩大。如果车辆遇上红灯摆长队，就有性急的骑机车的拼命三郎鱼贯窜上红砖道，舍正路而弗由，抄捷径以赶路，红砖道上的行人吓得心惊胆战。十字路口附近不是没有交通警察，他偶尔也在红砖道上蹀躞，机车骑士也偶尔被拦截，但是刚刚拦住一个，十个八个又飕的飞驰过去了。不要以为那些骑士都是汲汲的要赶赴死亡约会，他们只是想省时间，所以不肯排队，红砖道空着可惜，所以权为假道之计。骑车的人也许是贪睡懒觉，争着要去打卡，也许有什么性命交关的事耽误不得，行人只好让路。行人最懂得让，让车横冲直撞，不敢怒更不敢言，车不让人人让车，我们的路上行人维持了我们传统的礼让。什么时候才能人不让车车让人，只好留待高谈中西文化的先生们去研究了。

大厦七层以上，即有电梯。按常理，电梯停住应该让要出来的人先出来，然后要进去的人再进去，和公共汽车的上下一样。但是我经常看见一些野性未驯的孩子，长头发的恶少，以及绅士型的男士和时装少妇，一见电梯门启，便疯狂地往里挤，把里面要出来的人憋得唧唧叫。公共场所如电影院的电梯门前总是拥挤着一大群万物之灵，谁也不肯遵守先来后到的顺序而退让一步。

有人说，我们地窄人稠，所以处处显得乱哄哄。例如任何一个邮政支局，柜台里面是桌子挤桌子，柜台外面是人挤人，尤其是邮储部门人潮汹涌，没有地方从容排队，只好由存款簿图章在柜台上排队。可见大家还是知道礼让的。只是人口密度太高，无法保持秩序。其实不然，无论地方多么小，总可以安排下一个单行纵队，队可以无限伸长，伸到街上去，可以转弯，可以队首不见队尾，循序向前挪移，岂不甚好？何必存款簿图章排队而大家又在柜台前挤作一团？说穿了还是争先恐后，不肯让。

小的地方肯让，大的地方才会与人无争。争先是本能，一切动物皆不能免；让是美德，是文明进化培养出来的习惯。孔子曰："当仁不让于师。"只有当仁的时候才可以不让，此外则一定当以谦让为宜。

谦让

谦让仿佛是一种美德，若想在眼前的实际生活里寻一个具体的例证，却不容易。类似谦让的事情近来似很难得发生一次。就我个人的经验说，在一般宴会里，客人入席之际，我们最容易看见类似谦让的事情。

一群客人挤在客厅里，谁也不肯先坐，谁也不肯坐首座，好像"常常登上座，渐渐入祠堂"的道理是人人所不能忘的。于是你推我让，人声鼎沸。辈分小的，官职低的，垂着手远远地立在屋角，听候调遣。自以为有占首座或次座资格的人，无不攘臂而前，拉拉扯扯，不肯放过他们表现谦让的美德的机会。有的说："我们叙齿，你年长！"有的说："我常来，你是稀客！"有的说："今天非你上座不可！"事实固然是为让座，但是当时的声浪和唾沫星子却都表示像在争座。主人觑着一张笑脸，偶然插一两句嘴，作鹭鸶笑。这场纷扰，要直到大家的兴致均已低落，该说的话差不多都已说完，然后急转直下，突然平息，本就该坐上座的人便去就了上座，并无苦恼之相，而往往是显着踌躇满志顾盼自雄的样子。

我每次遇到这样谦让的场合，便首先想起《聊斋》上的一个故事：一伙人在热烈地让座，有一位扯着另一位的袖子，硬往上拉，被拉的人硬往后躲，双方势均力敌，突然间拉着袖子的手一松，被拉的那只胳臂猛然向后一缩，胳臂肘尖正撞在后面站着的一位驼背朋友的两只特别凸出的大门牙上，喀吱一声，双牙落地！我每忆起这个乐极生悲的故事，为明哲保身起见，在让座时我总躲得远远的。等风波过后，剩下的位置是我的，首座也可以，坐上去并不头晕，末座亦无妨，我也并不因此少吃一嘴。我不谦让。

考让座之风之所以如此的盛行，其故有二。第一，让来让去，每人总有一个位置，所以一面谦让，一面稳有把握。假如主人宣布，位置只有十二个，客人却有十四位，那便没有让座之事了。第二，所让者是个虚荣，本来无关宏旨，凡是半径都是一般长，所以坐在任何位置（假如是圆桌）都可以享受同样的利益。假如明文规定，凡坐过首席若干次者，在铨叙上特别有利，我想让座的事情也就少了。我从不曾看见，在长途公共汽车车站售票的地方，如果没有木制的长栅栏，而还能够保留一点谦让之风！因此我发现了一般人处世的一条道理，那便是：可以无需让的时候，则无妨谦让一番，于人无利，于己无损；在该让的时候，则不谦让，以免损己；在应该不让的时候，则必定谦让，于己有利，于人无损。

小时候读到孔融让梨的故事，觉得实在难能可贵，自愧弗如。一只梨的大小，虽然是微屑不足道，但对于一个四五岁的孩子，其重要或者并不下于一个公务员之心理盘算简、荐、委。有人猜想,孔融那几天也许肚皮不好,怕吃生冷,乐得谦让一番。我不敢这样妄加揣测。不过我们要承认,利之所在,可以使人忘形,谦让不是一件容易的事。孔融让梨的故事,发扬光大起来,确有教育价值,可惜并未发生多少实际的效果:今之孔融,并不多见。

　　谦让做为一种仪式,并不是坏事,像天主教会选任主教时所举行的仪式就蛮有趣。就职的主教照例的当众谦逊三回,口说"nolo episcopari"意即"我不要当主教",然后照例的敦促三回终于勉为其难了。我觉得这样的仪式比宣誓就职之后再打通电声明固辞不获要好得多。谦让的仪式行久了之后,也许对于人心有潜移默化之功,使人在争权夺利奋不顾身之际,不知不觉的也举行起谦让的仪式。可惜我们人类的文明史尚短,潜移默化尚未能奏大效,露出原始人的狰狞面目的时候要比雍雍穆穆地举行谦让仪式的时候多些。我每次从公共汽车售票处杀进杀出,心里就想先王以礼治天下,实在有理。

拥挤

据我所知道，拥挤是我们中国人特有的一种现象。

有一天我等公共汽车出城，汽车站早已挤得黑压压一片，汽车尚未停稳，一群人蜂拥而上，结果是车上的人不得下来，下面的人也不得上去。一阵混战之后，上面的人倒是也下来了，下面的人除了孱弱文雅的之外倒是也都上去了，然而费掉"民力"不少。

既上车之后，不消说可以听到下列各种的呼声："嗳哟！你看看我的脚！""别挤哟！""喂，你趴在我的身子上了！""没得办法！""你倒是拉住上面的把手呀！"

有人告诉我，外国大都市的地底过车，在每天某个时间，也挤。不过又有人告诉我，外国人虽挤，挤得有秩序些。

在交通工具不够而人口众多的情形之下，这种拥挤实在也是不可免。我要说的是那种争先恐后旁若无人的态度，譬如说在邮局、车站、轮船之类的场所，那种每人各自为战的抢先姿势，实在令人难堪。

据说在外国的车站、电影院之类卖票的地方，往往摆成一个

/ 辑三 /
礼貌源于，来者何人

一字长蛇阵，先到者站在前面，后到者自动的附于骥尾，循序前进，而无需乎浪费体力，且可不伤和气。这个办法，我觉得好，该学。我有一次在电影院，看见一共只有三个人买票，而那三个鼎足而立不敢后人，三个人都挤得面红耳赤，都伸着脖子伸着胳膊向那一个小小的洞里挤。我想三个人固不必排长蛇阵，只要稍为疏散一下，就可以相当舒服地达到目的，何苦那样"团结"呢？

推行新生活运动，应该特别注意到守秩序的习惯之养成。最好是先在车站轮船之类的地方由军警严厉督促。在中小学里，教师要把守秩序的道理与方法讲给学生听。我国前驻德大使程天放先生，在《时事新报》发表过一篇文章论德国的民族性，曾提起在柏林开世界运动大会时所表现出的良好秩序。我们应该效法。

不效法外国人也行，我们中国的"固有道德"不是也主张"谦让"一道吗？如能恢复固有道德，揖让雍容，公共汽车一停，大家打躬作揖地说"您请，您请"，那也有意思。

让座

男女向例是不平等的,电车里只有男子让女子座,而没有女子让男子座的事。但是这一句话,语病也就不小。听说在日本帝国,有时候女子就让座给男子;在我们这个上海,有很多的时候男子并不让座给女子,这不但是听说,我并且曾经目睹了。

据说让座一举,创自欧西,我曾潜心考察,恐系不诬。因为电车上让座的先生们,从举止言谈方面观察,似乎都是出洋游历过的,至少也是有一点"未出先洋"的光景。所以电车上让座,乃欧风东渐以后的一点现象。又据说,让座之风在欧西现已不甚时髦,而在我们上海反倒时行,盖亦"礼失而求诸野"乎?

一个年逾半百而其外表又介乎老妈子与太太之间的女人,和一个豆蔻年华而其装束又介乎电影明星与大家闺秀的女人,这在男子的眼里,是有分别的。对于前者,大半是不让座,即使是让,也只限于让座,在心灵上不起变化。

我们若把让座当做完全是礼貌,这便无谓;若把让座当做心灵上的慰藉,这便无聊。最好是看看有无让座的必要。譬如说,一

/ 辑三 /
礼貌源于，来者何人

位女郎上车了，她的小腿的粗细和你的肚子的粗细差不很多，你让座做甚？叫她站一会儿好了。又一位女郎上车了，足部占面积甚小，腰部占空间甚多，左手拉着孩子，右手提着一瓶酱油，你还不赶快让座？

让座的惨剧

电车里让座，是我到上海来后五个月才发现的一件新闻。至于我自己实行这件美德，那就更是晚近的事了。我愿赌咒说一句良心话：我真不愿意让座，至少我的两条腿真不愿意让座。然而一个人不只是两条腿，所以我终于染了这一件不是从心眼里愿意做的美德。我这个人，又爱多事，没事的时候，喜欢看看报，于是乎知道现今有所谓男女平等运动者。这一来，不打紧，我在让座的时候，心里便有些不安起来。我惟恐不小心，触犯了女性的尊严，同时又叫我的腿白白受了委屈。话虽如此，一个二十多岁的人，骨头是长成了，有什么毛病也很难改，所以让座的这个习惯，我实行了一年多，几乎每天都不能免。日积月累，经验渐渐的宏富了。让座本来是个悲剧，在我这方面是悲剧，也许在对方是个喜剧，然而也有时竟演出惨剧来。容我慢慢道来。

一

一位中年妇人，看上去很像一位规规矩矩的妇人。因为她的

/辑三/

礼貌源于，来者何人

装束，一点也不像上海人的装束。她走上车来，从许多块人肉中间挤来挤去，最后挂在我面前的那个藤钩上了。我当时就想此时不让，更待何时？于是乎，我便极力模仿漂亮的上海人的态度，抽身起来。哪里知道，我的身体离开座位不过才五六寸的样子，就觉得有两半个热烘烘的臀部从四十五度的斜角的方向斜射过来。定睛看时，原来是一位堂堂的大丈夫稳稳当当的坐在那里了。他的胆量真不小，抬起头来看看我。

二

乡下人脸上带幌子，一望而知。有一天，我在电车里，看见一位妇人，脸上的乡下人气一点也不曾洗掉，就和前两年的我差不多。后面还跟着一位男人，穿着白夏布大衫，满脸大汗，那大衫的袖口大概只有三四寸宽吧。这一对男女没有坐的地方，同时他们的模样也实在不像有令人让座的资格，所以在电车里竟东歪西倒的乱滚起来。其实他们离我还远，不干我的事，不过我本乡下人，不免有同类相怜之意，于是立起身来，喊那个妇人来坐。那妇人和那男子走了过来，看看只空出一个人的座位，那位穿白夏布大衫的人竟不假思索坐下去，那妇人也笑嘻嘻的认为是一个很满意的解决。然而我心中悲惨！

三

　　是一位头发斑白的老太太,又同着一位半老的太太,两位一面上车,一面叽里呱啦的有说有笑,她们的四只眼睛像老鼠般的左右视察,不消说是寻座位了。我想她虽然是一个老太太,终究是个妇女,似乎也应该在必让之列。于是我又慷而且慨的立起身来。哪里晓得,我尚未完全立起,那老太太早一眼瞥见,作饿虎扑吃状,直扑过来,并且伸出胳臂把我一拨,我险些儿跌到别人的身上去。我当时心想,这位老太太平常不定是吃什么千龄机万龄机的,否则哪里来的偌大气力?然守定之后,再仔细观察,那两位太太都挤在我让出的那一个座上了。

　　像这样的惨剧不知有多少!若全写出来又未免太惨了。然而座还是不能不让的。除非有一天,男女真平等了,谁也不让谁座,或谁都让谁座,到那时候,惨剧就少了。

握手（一）

握手之事，古已有之，《后汉书》："马援与公孙述少同里闬相善，以为既至常握手，如平生欢。"但是现下通行的握手，并非古礼，既无明文规定，亦无此种习俗，大概还是剃了小辫以后的事。我们不能说马援和公孙述握过手，便认为是过去有此礼节的明证。

西装革履我们都可以忍受，简便易行而且惠而不费的握手我们当然无需反对。不过有几种人，若和他握手，会感觉痛苦。

第一是做大官或自以为做大官者，那只手不好握。他常常挺着胸膛，伸出一只巨灵之掌，两眼望青天，等你趁上去握的时候，他的手仍是直僵的伸着，他并不握，他等着你来握。你事前不知道他是如此爱惜气力，所以不免要热心地迎上去握，结果是孤掌难鸣，冷渗渗的讨一场没趣。而且你还要及早罢手，赶快撒手，因为这时候他的身体已转向另一个人去，他预备把那巨灵之掌给另一个人去握——不是握，是摸。对付这样的人只有一个办法，便是，你也伸出一只巨灵之掌，你也别握，和他作"打花巴掌"状，看谁先握谁!

另一种人过犹不及。他握着你的四根手指,恶狠狠地一挤,使你痛彻肺腑,如果没有寒暄笑语偕以俱来,你会误以为他是要和你角力。此种人通常有耐久力,你入了他的掌握,休想逃脱出来。如果你和他很有交情,久别重逢,情不自禁,你的关节虽然痛些,我相信你会原谅他的。不过通常握手用力最大者,往往交情最浅。他是要在向你使压力的时候使你发生一种错觉,以为此人遇我特善。其实他是握了谁的手都是一样卖力的。如果此人曾在某机关做过干事之类,必能一面握手,一面在你的肩头重重的拍一下子,"哈喽,哈喽,怎样好?"

单就握手时的触觉而论,大概愉快时也就不多。春笋般的纤纤玉指,世上本来少有,更难得一握。我们常握的倒是些冬笋或笋干之类,虽然上面更常有蔻丹的点缀,干到还不如熊掌。狄更斯的《大卫·高拍菲尔[①]》里的乌利亚,他的手也是令人不能忘的,永远是湿津津的冷冰冰的,握上去像是五条鳝鱼。手脏一点无妨,因为握前无暇检验,唯独带液体的手不好握,因为事后不便即揩,事前更不便先给他揩。

"有一桩事,男人站着做,女人坐着做,狗翘起一条腿儿做。"这桩事是——握手。和狗行握手礼,我尚无经验,不知狗爪是肥是瘦,亦不知狗爪是松是紧,姑置不论。男女握手之法不同。女人握

[①] 应为"科波菲尔"。编者注。

/ 辑三 /
礼貌源于,来者何人

手无需起身,亦无需脱手套,殊失平等之旨,尚未闻妇女运动者倡议纠正。在外国,女人伸出手来,男人照例只握手尖,约一英寸至二英寸,稍握即罢,这一点在我们中国好像禁忌少些,时间空间的限制都不甚严。

朋友相见,握手言欢,本是很自然的事,有甚于握手者,亦未曾不可,只要双方同意,与人无涉。唯独大庭广众之下,宾客环坐,握手势必普遍举行,面目可憎者,语言无味者,想饱以老拳尚不足以泄忿者,都要一一亲炙,皮肉相接,在这种情形之下握手,我觉得是一种刑罚。

《哈姆雷特》中波娄尼阿斯诫其子曰:"不要为了应酬每一个新交而磨粗了你的手掌。"我们是要爱惜我们的手掌。

握手（二）

握手之礼不知起于何时，亦不知道始自何人，我想不一定是肇自泰西，也许是我们中土古已有之的。不过这种举动之流行普遍，确是很近的事，大约是从剪小辫穿洋装的那个时代起。这一段考据将来自有别人做，我不谈。

礼节是一种习惯养成的公式，无所谓是非好坏。所以握手不一定就是文明，也不一定就比拱手野蛮。现在中西文化大混合的时代，礼节已经没有固定的标准，卖人丹的军乐队可以在结婚仪仗里占一个地位，打高尔夫球的装束也可以在晚宴的场合里被发现，那么握手、拱手为什么不可以随便来呢？

有人喜欢握手，一见面就把巨灵之掌伸了出来（或是春笋般的纤手），那你就情不可却了，非伸出手来完成这宗仪式不可，即使是昨天才见面，或上午才见面，再见时还是要握手。最糟的是临别时还要握一次！

最可怕的一种握手是他把你的手握得紧紧的，紧得有一点儿痛，并且时间延长很久，你休想能够抽出手来；而且他一紧一弛的

/ 辑三 /
礼貌源于，来者何人

给你一种异样感觉，同时用另一手掌在你的肩背上还要猛拍几下，再配合上几声"哈喽！……"这是一个十足的××会式的人物。我敢说这个人和你一定没有交情，我觉得这样的握手不是礼节，而是近于"体罚"。

有人握手不把胳臂伸出来，死板板的张开一只巴掌缩在胸前，静候别人来高攀他。两手既经接触之后，他仍然是毫无动作，他只是张开巴掌叫对方捏一下而已。这种态度容易令人误会，不如干脆不必握手。当然女人伸出手来和人握手，你只能接触到她的一时半的手指，那另当别论。

人手的温度不同。有的像冰棒儿似的，在这样的天气握手时就令人不好过；有的还冒冷汗，你把他的手握起来，就像是摸着一把鳝鱼似的，又湿又黏又凉，不好受。这当然是太苛求的话，握手根本不是为了使你舒服，要舒服最好不握，除非是真有交情非握不可。

我的结论是：握手不宜太热烈，太热烈则令人疑你是××会的人；不宜太冷淡，太冷淡则令人疑你是高傲；不宜太紧，紧则令人痛；不宜太久，久则令人为难；不宜太常握，太常握则容易使你自己的巴掌上起好几块鸡眼！

139

排队

《民权初步》讲的是一般开会的法则,如果有人撰一续编,应该是讲排队。

如果你起个大早,赶到邮局烧头炷香,柜台前即使只有你一个人,你也休想能从容办事,因为柜台里面的先生小姐忙着开柜子、取邮票文件、调整邮戳,这时候就有顾客陆续进来,说不定一位站在你左边,一位站在你右边,也许是衣冠楚楚的,也许是破衣邋遢的,总之是会把你夹在中间。夹在中间的人未必有优先权,所以,三个人就挤得很紧,胳膊粗、个子大、脚跟稳的占便宜。夹在中间的人也未必轮到第二名,因为说不定又有人附在你的背上,像长臂猿似的伸出一只胳膊,越过你的头部拿着钱要买邮票。人越聚越多,最后像是橄榄球赛似的挤成一团,你想钻出来也不容易。

三人曰众,古有明训。所以三个人聚在一起就要挤成一堆。排队是洋玩艺儿,我们所谓"鱼贯而行"都是在极不得已的情形之下所做的动作。《晋书·范汪传》:"玄冬之月,沔汉干涸,皆当鱼贯而行,推排而进。"水不干涸谁肯循序而进,虽然鱼贯,仍不

/ 辑三 /
礼貌源于，来者何人

免于推排。我小时候，在北平有过一段经验，过年父亲常带我逛厂甸，进入海王村，里面有旧书铺、古玩铺、玉器摊，以及临时搭起的几个茶座儿。我父亲如入宝山，图书、古董都是他所爱好的，盘旋许久，乐此不疲，可是人潮汹涌，越聚越多。等到我们兴尽欲返的时候，大门口已经壅塞了。门口只有一个，进也是它，出也是它，而且谁也不理会应靠左边行，于是大门变成瓶颈，人人自由行动，卡成一团。也有不少人故意起哄，哪里人多往哪里挤，因为里面有的是大姑娘、小媳妇。父亲手里抱了好几包书，顾不了我。为了免于被人践踏，我由一位身材高大的警察抱着挤了出来。我从此没再去过厂甸，直到我自己长大有资格抱着我自己的孩子冲出杀进。

中国地方大，按说用不着挤，可是挤也有挤的趣味。逛隆福寺、护国寺，若是冷清清的凄凄惨惨觅觅，那多没味儿！不过时代变了，人几乎天天到处要像是逛庙赶集。长年挤下去实在受不了，于是排队这洋玩艺儿应运而兴。奇怪的是，这洋玩艺儿兴了这么多年，至今还没有蔚成风气。长一辈的人在人多的地方横冲直撞，孩子们当然认为这是生存技能之一。学校不能负起教导的责任，因为教师就有许多是不守秩序的好手。法律无排队之明文规定，警察管不了这么多。大家自由活动，也能活下去。

不要以为不守秩序、不排队是我们民族性，生活习惯是可以改的。抗战胜利后我回到北平，家人告诉我许多敌伪横行霸道的事迹，其中之一是在前门火车站票房前面常有一名日本警察手持竹鞭

141

来回巡视，遇到不排队就抢先买票的人，就一声不响高高举起竹鞭飕的一声着着实实的抽在他的背上。挨了一鞭之后，他一声不响地排在队尾了。前门车站的秩序从此改良许多。我对此事的感想很复杂。不排队的人是应该挨一鞭子，只是不应该由日本人来执行。拿着鞭子打我们的人，我真想抽他十鞭子！但是，我们自己人就没有人肯对不排队的人下那个毒手！好像是基于同胞爱，开始是劝，继而还是劝，不听劝也就算了，大家不伤和气。谁也不肯扬起鞭子去取缔，觍颜说是"于法无据"。一条街定为单行道、一个路口不准向左转，又何所据？法是人定的，要什么样的生活方式便应该有什么样的法。

　　洋人排队另有一套，他们是不拘什么地方都要排队。邮局、银行、剧院无论矣，就是到餐厅进膳，也常要排队听候指引——入座。人多了要排队，两三个人也要排队。有一次要吃皮萨饼，看门口队伍很长，只好另觅食处。为了看古物展览，我参加过一次二千人左右的长龙，我到场的时候才有千把人，顺着龙头往下走，拐弯抹角，走了半天才找到龙尾，立定脚跟，不久回头一看，龙尾又不知伸展得何处去了。我仔细观察发现了一个秘密：洋人排队，浪费空间，他们排队占用一哩①，由我们来排队大概半哩就足够。因为他们每个人与另一个人之间通常保持相当距离，没有肌肤之亲，也没有摩肩接踵之事。我们排队就亲热得多，紧迫钉人，惟恐脱节，

---

① 一哩是一英里，约 1610 米。此处应为夸张修辞。编者注。

前面人的胳膊肘会戳你的肋骨，后面人喷出的热气会轻拂你的脖梗。其缘故之一，大概是我们的人丁太旺而场地太窄。以我们的超级市场而论，实在不够超级，往往近于迷你，遇上八折的日子，付款处的长龙摆到货架里面去，行不得也。洋人的税捐处很会优待主顾，设备充分，偶然有七八个人排队，排得松松的，龙头走到柜台也有五步六步之遥。办起事来无左右受夹之烦，也无后顾催迫之感，从从容容，可以减少纳税人胸中许多戾气。

我们是礼义之邦，君子无所争，从来没有鼓励人争先恐后之说。很多地方我们都讲究揖让，尤其是几个朋友走出门口的时候，常不免于拉拉扯扯礼让了半天，其实鱼贯而行也就够了。我不太明白为什么到了陌生人聚集在一起的时候，便不肯排队，而一定要奋不顾身。

我小时候只知道上兵操时才排队。曾路过大栅栏同仁堂，柜台占两间门面，顾客经常是里三层外三层挤得水泄不通，多半是仰慕同仁堂丸散膏丹的大名而来办货的乡巴佬。他们不知排队犹可说也。奈何数十年后，工业已经起飞，都市人还不懂得这生活方式中极为重要的一个项目，难道真需要那一条鞭子才行么？

守时

《史记》五十五《留侯世家》，记载圯上老人授书张良的故事，甚为生动：

"后五日平明，与我会此。"良因怪之，跪曰："诺。"五日平明，良往。父已先至，怒曰："与老人期，后，何也？"去，曰："后五日早会。"五日鸡鸣，良往。父又先在，复怒曰："后，何也？"去，曰："后五日复早来。"五日，良夜未半往。有顷，父亦来，喜曰："当如是。"

老人与良约会三次。第一次平明为期，平明就是天刚亮，语义相当含糊，天亮到什么程度才算是平明，本难确定。"东方未明"是一阶段，"东方未晞"又是一阶段，等到东方天际泛鱼肚色则又是一阶段。良平明往，未落日出之后，就不算是迟到。老人发什么脾气？说什么"与老人期"之倚老卖老的话？第二次约，时间更不明确，只说早一点去。良鸡鸣往，"鸡既鸣矣"，就是天明以前的一刹那，事实上已经提早到达，还嫌太晚。第三次良夜未半往，

/ 辑三 /
礼貌源于，来者何人

夜未半即是午夜以前，这一次才满老人意。既然如此，为什么不早明说，虽然这是老人有意测验年轻人的耐性，但也不必这样蛮不讲理的折磨人。有人问我，假如遇见这样的一个老人作何感想，我说我愿效禅师的说法："大喝一声，一棒打杀！"

黄石公的故事是神话。不过守时却是古往今来文明社会共有的一个重要的道德信念。远古的时候问题简单，日出而作，日入而息，根本没有精确的时间观念，而且人与人要约的事恐怕也不太多。《易·系辞》所谓"日中为市，致天下之民，聚天下之货，交易而退，各得其所"，不失为大家在时间上共立的一个标准，晚近的庙会市集，也还各有其约定俗成的时期规格。自从有了漏刻，分昼夜为百刻，一天之内才算有正确时间可资遵循。周有挈壶氏，自唐至清有挈壶正，是专管时间的官员。沙漏较晚，制在元朝。到了近年，也还有放午炮之说。现代的准确计时之器，如钟表之类，则是明季的舶来品，"明万历二十八年，大西洋人利玛窦来献自鸣钟"（《续通考·乐考》），嗣后自鸣钟在国内就大行其道。我小时候在三贝子花园畅观楼内，尚及见清朝洋人所贡各式各样的自鸣钟，金光灿烂，洋洋大观。在民间几乎家家案上正中央都有一架自鸣钟，用一把钥匙上弦，昼夜按时刻叮叮当当的响。外国人家墙上常见的鹧鸪钟，一只小鸟从一个小门跳出来报时，在国内尚比较少见。好像我们老一辈的中国人特别喜爱钟表，除了背心上特缝好几个小衣袋专放怀表之外，比较富裕人家墙上还常有一个硬木螺钿玻璃门的表柜，里面挂着二三十只形形色色的表，金的、银的、景泰蓝的、闷壳的，甚至背面壳里藏有活动秘戏图的，非如此不足以餍其收藏癖。至于如今的手表（实际是腕表）则高官大贾以至贩夫走卒无不备有一只了。

普遍的有了计时的工具，若是大家不知守时，又有何用？普通的衙门机关之类都订有办公时间，假如说是八点开始，到时候去看看，就会知道那是怎么一回事。大抵较低级的人员比较最守时，虽然其中难免有几位忙着在办事桌上吃豆浆油条。首长及高级人员大概就姗姗来迟了，他们还有一套理由，只有到了十点左右办稿拟稿逐层旅行的公文才能到达他们手里，早去了没有用。至于下班的时间，则大家多半知道守时，眼巴巴的望着时钟，谁也不甘落后。

和民众接触最频繁的莫过于银行邮局，可是在门前逡巡好久，进门烧头炷香的顾客不见得立刻就能受理，往往还要伫候一阵子，因为柜台后面的先生小姐可能很忙，忙着打开保险柜，忙着搬运文件，忙着清理卡片，忙着数钞票，忙着调整戳印，甚至于忙着泡茶，在在都需要时间。顾客们要稍安毋躁。

朋友宴客，有一两位照例迟到，一碟瓜子大家都快磕完了，主人急得团团转，而那一两位客偏不来。按说"后至者诛"才是正理，但是后至者往往正是主客或是贵宾，所以必须虚上席以待。旧日戏园演戏，只有两盏汽油灯为照明之具，等到名角出台亮相，则几十盏电灯一齐照耀，声势非凡。有迟到之癖的客人大概是以名

/ 辑三 /
礼貌源于，来者何人

角自居，迟到之后不觉得歉然，反倒有得色。而迟到的人可能还要早退，表示另有一处要应酬，也许只是虚晃一招，实际是回家吃碗蛋炒饭。

要守时，但不一定要分秒不差，那就是苛求了。但也不能距约定时间太远，甲欲访乙，先打电话过去商洽，这是很有礼貌的行为，甲①问什么时候驾临，乙②说马上就去。问题就出在这"马上"二字，甲③忘了钉问是什么马，是"竹披双耳峻，风入四蹄轻"的胡马，还是"皮干剥落，毛暗萧条"的瘦马，是练习纵跃用的木马，还是渡过了康王的泥马。和人要约，害得对方久等，揆诸时间即生命之说，岂是轻轻一声抱歉所能赎其罪愆？

守时不是容易事，要精神总动员。要不要先整其衣冠，要不要携带什么，要不要预计途中有多少红灯，都要通过大脑盘算一下。迟到固然不好，早到亦非万全之策，早到给自己找烦恼，有时候也给别人以不必要的窘。黄石公那段故事是例外，不足为训。记得莎士比亚有一句戏词："赴情人约，永远是早到。"情人一心一意的在对方身上，不肯有分秒的延误，同时又怕对方忍受枯守之苦，所以"月上柳梢头，人约黄昏后"，老早的就去等着，"月移花影动，疑是玉人来"了。

我们能不能推爱及于一切要约，大家都守时？

---

① 应为"乙"。编者注。
② 应为"甲"。编者注。
③ 应为"乙"。编者注。

太随便了

吾人衣装服饰,本可绝对自由,谁也用不着管谁。但是我们至少总应希望,一个人穿上衣服戴了装饰品之后,远远望过去仍然还是像人。然而这个希望,时常只是个希望。

若说妖装异服,必是生于怎样恶劣的心理,我倒也不信。大半还是由于"随便"。而天下事有可"随便"者,即有不可"随便"者。太随便了,往往足以令人发生一种很不好说出来的感想。譬如说:压头发的绸子,戴与不戴均无关宏旨,但是要戴起来在马路上行走,并且居然上头等电车,而并且竟能面无愧色,我便自叹弗如远甚了。再譬如说:袜子上系条吊带,也是人情之常,但是要把吊带系在裤脚管外面,并且在天未甚黑的时候走到有人迹的地方,我便又自叹弗如远甚了。

最爱随便的人,我劝他穿洋装。绅士的洋装,流氓式的洋装,运动时的洋装,宴会时的洋装,打"高尔夫"时的洋装……在我们中国人看来是没有大分别的,只要是洋人穿过得那种衣服就叫洋装,而加在我的身上当然仍是洋装。即便穿的稍微差池一点,譬如

/ 辑三 /
礼貌源于，来者何人

在作绅士的时候误穿了一身流氓洋装，或在宴会时忘记换掉短裤，我们都不能挑剔，因为他虽然外面穿着洋装，骨子里似乎还是中国人，既是中国人，则无妨随便一点矣！

衣裳

莎士比亚有一句名言："衣裳常常显示人品。"又有一句："如果我们沉默不语，我们的衣裳与体态也会泄露我们过去的经历。"可是我不记得是谁了，他曾说过更彻底的话：我们平常以为英雄豪杰之士，其仪表堂堂确是与众不同，其实，那多半是衣裳装扮起来的，我们在画像中见到的华盛顿和拿破仑，固然是奕奕赫赫，但如果我们在澡堂里遇见二公，赤条条一丝不挂，我们会有异样的感觉，会感觉得脱光了大家全是一样。这话虽然有点玩世不恭，确有至理。

中国旧式士子出而问世必须具备四个条件：一团和气，两句歪诗，三斤黄酒，四季衣裳。可见衣裳是要紧的。我的一位朋友，人品很高，就是衣裳"普罗"一些，曾随着一伙人在上海最华贵的饭店里开了一个房间，后来走出饭店，便再也不得进去，司阍的巡捕不准他进去，理由是此处不施舍。无论怎样解释也不得要领，结果是巡捕引他从后门进去，穿过厨房，到账房内去理论。这不能怪那巡捕，我们几曾看见过看家的狗咬过衣裳楚楚的客人？

/ 辑三 /
礼貌源于，来者何人

衣裳穿得合适，煞费周章，所以"内政部礼俗司"虽然绘定了各种服装的式样，也并不曾推行。幸而没有推行！自从我们剪了小辫儿以来，衣裳就没有了体制，绝对自由，中西合璧的服装也不算违警，这时候若再推行"国装"，只是于错杂纷歧之中更加重些纷扰罢了。

李鸿章出使外国的时候，袍褂顶戴，完全是"满大人"的服装。我虽无爱于满清章制，但对于他的不穿西装，确实是很佩服的。可是西装的势力毕竟太大了，到如今理发匠都是穿西装的居多。我忆起了二十年前我穿西装的一幕。那时候西装还是一件比较新奇的事物，总觉得有点"机械化"，其构成必相当复杂。一班几十人要出洋，于是西装逼人而来，试穿之日，适值严冬，或缺皮带，或无领结，或衬衣未备，或外套未成，但零件虽然不齐，吉期不可延误，所以一阵骚动，胡乱穿起，有的宽衣博带如稻草人，有的细腰窄袖如马戏丑，大体是赤着身体穿一层薄薄的西装裤，冻得涕泗交流，双膝打战。那时的情景足当得起"沐猴而冠"四个字。当然后来技术渐渐精进，有的把裤脚管烫得笔直，视如第二生命，有的在衣袋里插一块和领结花色相同的手绢，俨然是一个绅士，猛然一看，国籍都要发生问题。

西装是有一定的标准的。譬如，做裤子的材料要厚，可是我看见过有人在光天化日之下穿夏布西装裤，光线透穿，真是骇人！衣服的颜色要朴素沉重，可是我见过著名自诩讲究穿衣裳的男子

151

们，他们穿的是色彩刺目的宽格大条的材料，颜色惊人的衬衣，如火如荼的领结，那样子只有在外国杂耍场的台上才偶然看得见！大概西装破烂，固然不雅，但若崭新而俗恶则更不可当。所谓洋场恶少，其气味最下。

中国的四季衣裳，恐怕要比西装更麻烦些。固然西装讲究起来也是不得了的，历史上著名的一例，詹姆斯第一的朋友白金翰爵士有衣服一千六百二十五套。普通人有十套八套的就算很好了。中装比较的花样要多些，虽然终年一两件长袍也能度日。中装有一件好处，舒适。中装像是变形虫，没有一定的形式，随着穿的人身体变。不像西装，肩膊上不用填麻布使你冒充宽肩膀，脖子上不用戴枷系索，裤子里面有的是"生存空间"，而且冷暖平均，不像西装咽喉下面一块只是一层薄衬衣，容易着凉，裤子两边插手袋处却又厚至三层，特别郁热！中国长袍还有一点妙处，马彬和先生（英国人入我国籍）曾为文论之。他说这钟形长袍是没有差别的、平等的，一律的遮掩了贫富贤愚。马先生自己就是穿一件蓝长袍，他简直崇拜长袍。据他看，长袍不势利，没有阶级性，可是在中国，长袍同志也自成阶级，虽然四川有些抬轿的也穿长袍。中装固然比较随便，但亦不可太随便，例如脖子底下的纽扣，在西装可以不扣，长袍便非扣不可，否则便不合于"新生活"。再例如即便在蚊虫甚多的地方，裤脚管亦不可放进袜筒里去，做绍兴师爷状。

男女服装之最大不同处，便是男装之遮盖身体无微不至，仅

/ 辑三 /
礼貌源于，来者何人

仅露出一张脸和两只手可以吸取日光紫外线，女装的趋势，则求遮盖愈少愈好。现在所谓旗袍，实际上只是大坎肩，因为两臂已经齐根划出。两腿尽管细直如竹筷，扭曲如松根，也往往一双双的摆在外面。袖不蔽肘，赤足裸腿，从前在某处都曾悬为厉禁，在某一种意义上，我们并不惋惜。还有一点可以指出，男子的衣服，经若干年的演化，已达到一个固定的阶段，式样色彩大概是千篇一律的了，某一种人一定穿某一种衣服，身体丑也好，美也好，总是要罩上那么一套。女子的衣裳则颇多个人的差异，仍保留大量的装饰的动机，其间大有自由创造的余地。既是创造，便有失败，也有成功。成功者便是把身体的优点表彰出来，把劣点遮盖起来；失败者便是把劣点显示出来，优点根本没有。我每次从街上走回来，就感觉得我们除了优生学外，还缺乏妇女服装杂志。不要以为妇女服装是琐细小事，法朗士说得好："如果我死后还能在无数出版书籍当中有所选择，你想我将选什么呢？……在这未来的群籍之中我不想选小说，亦不选历史，历史若有兴味亦无非小说。我的朋友，我仅要选一本时装杂志，看我死后一世纪中妇女如何装束。妇女装束之能告诉我未来的人文，胜过于一切哲学家、小说家、预言家及学者。"

　　衣裳是文化中很灿烂的一部分。所以，裸体运动除了在必要的时候之外（如洗澡，等等），我总不大赞成。

洋罪

有些人，大概是觉得生活还不够丰富，于顽固的礼教、愚昧的陋俗、野蛮的禁忌之外，还介绍许多外国的风俗习惯，甘心情愿的受那份洋罪。

例如：宴集茶会之类偶然恰是十三人之数，原是稀松平常之事，但往往就有人把事态扩大，认为情形严重，好像人数一到十三，其中必将有谁虽欲"寿终正寝"而不可得的样子。在这种场合，必定有先知先觉者托故逃席，或临时加添一位，打破这个凶数，又好像只要破了十三，其中人人必然"寿终正寝"的样子。对于十三的恐怖，在某种人中间近已颇为流行。据说，它的来源是外国的。耶稣基督被他的使徒犹大所卖，最后晚餐时便是十三人同席。因此十三成为不吉利的数目。在外国，听说不但宴集之类要避免十三，就是旅馆的号数也常以 12A 来代替十三。这种近于迷信而且无聊的风俗，移到中国来，则于迷信与无聊之外，还应该加上一个可嗤！

再例如：划火柴给人点纸烟，点到第三人的纸烟时，则必有热心者迫不及待的从旁嘘一口大气，把你的火柴吹熄。一根火柴不准点三枝纸烟。据博闻者说，这风俗也是外国的。好像这风俗还不怎样古，就在上次大战的时候，夜晚战壕里的士兵抽烟，如果火柴的亮光延续到能点燃三枝纸烟那么久，则敌人的枪弹炮弹必定一齐飞来。这风俗虽"与抗战有关"，但在敌人枪炮射程以外的地方，若不加解释，则仍容易被人目为近于庸人自扰。

又例如：朋辈对饮，常见有碰杯之举，把酒杯碰得当一声响，然后同时仰着脖子往下灌，咕噜咕噜的灌下去，点头咂嘴，踌躇满志。为什么要碰那一下子呢？这又是外国规矩。据说在相当古的时候，而人心即已不古，于揖让酬应之间，就许在酒杯里下毒药，所以主人为表明心迹起见，不得不与客人喝个"交杯酒"，交杯之际，当的一声是难免的。到后来，去古日远，而人心反倒古起来了，酒杯里下毒药的事情渐不多见，主客对饮只须做交杯状，听那当然一响，便可以放心大胆地喝酒了。碰杯之起源，大概如此。在"安全第一"的原则之下，喝交杯酒是未可厚非的。如果碰一下杯，能令我们警惕戒惧，不致忘记了以酒肉相饷的人同时也有投毒的可能，而同时酒杯质料相当坚牢不致磕裂碰碎，那么，碰杯的风俗却也不能说是一定要不得。

大概风俗习惯，总是慢慢养成，所以能在社会通行。如果生吞活剥地把外国的风俗习惯移植到我们的社会里来，则必窒碍难行，其故在不服水土。讲到这里我也有一个具体的而且极端的例子：

四月一日，打开报纸一看，皇皇启事一则如下："某某某与某某某今得某某某与某某某先生之介绍及双方家长之同意，订于四月一日在某某处行结婚礼，国难期间一切从简，特此敬告诸亲友。"结婚只是男女两人的事，与别人无关，而别人偏偏最感兴趣。启事一出，好事者奔走相告，更好事者议论纷纷，尤好事者拍电致贺。

　　四月二日报纸上有更皇皇的启事一则如下："某某某启事，昨为西俗万愚节①，友人某某某先生遂假借名义，代登结婚启事一则以资戏弄，此事概属乌有，诚恐淆乱听闻，特此郑重声明。"好事者嗒然若丧，更好事者引为谈助，尤好事者则去翻查百科全书，寻找万愚节之源起。

　　四月一日为万愚节，西人相绐以为乐。其是否为陋俗，我们管不着，其是否把终身大事也划在相绐的范围以内，我们亦不得知。我只觉得这种风俗习惯，在我们这国度里，似嫌不合国情。我觉得我们几乎是天天在过万愚节。舞文弄墨之辈，专作欺人之谈，且按下不表，单说市井习见之事，即可见我们平日颇不缺乏相绐之乐。有些店铺高高悬起"言无二价""童叟无欺"的招牌，这就是反映着一般的诳价欺骗的现象。凡是约期取件的商店，如成衣店、洗衣店、照像馆之类，因爽约而使我们徒劳往返的事是很平常的，然对外国人则不然，与外国人约甚少爽约之事。我想这原因大概就是外国人只有在四月一日那一天才肯以相绐为乐，而在我们则一年

① 即愚人节。编者注。

/ 辑三 /

礼貌源于，来者何人

三百六十五天，随便哪一天都无妨定为万愚节。

万愚节的风俗，在我个人，并不觉得生疏，我不幸从小就进洋习甚深的学校，到四月一日总有人伪造文书诈欺取乐，而受愚者亦不以为忤。现在年事稍长，看破骗局甚多，更觉谑浪取笑无伤大雅。不过一定要仿西人所为，在四月一日这一天把说谎普遍化、合理化，而同时在其余的三百六十多天又并不仿西人所为，仍然随时随地的言而无信互相欺诈，我终觉得大可不必。

外国的风俗习惯永远是有趣的，因为异国情调总是新奇的居多。新奇就有趣。不过若把异国情调生吞活剥地搬到自己家里来，身体力行，则新奇往往变成桎梏，有趣往往变为肉麻。基于这种道理，很有些人至今喝茶并不加白糖与牛奶。

养成好习惯

人的天性大致是差不多的，但是在习惯方面却各有不同。习惯是慢慢养成的，在幼小的时候最容易养成，一旦养成之后，要想改变过来却还不很容易。

例如说，清晨早起是一个好习惯，这也要从小时候养成。很多人从小就贪睡懒觉，一遇假日便要睡到日上三竿还高卧不起，平时也是不肯早起，往往蓬首垢面的就往学校跑，结果还是迟到。这样的人长大了之后也常是不知振作，多半不能有什么成就。祖逖闻鸡起舞，那才是志士奋励的榜样。

我们中国人最重礼，因为礼是行为的轨范。礼要从家庭里做起。姑举一例：为子弟者"出必告，反必面"，这一点点对长辈的起码的礼，我们是否已经每日做到了呢？我看见有些个孩子们早晨起来对父母视若无睹，晚上回到家来如入无人之境，遇到长辈常常横眉冷目，不屑搭讪。这样的跋扈、乖戾之气如果不早早的纠正过来，将来长大到社会上服务，必将处处引起摩擦，不受欢迎。我们不仅对长辈要恭敬有礼，对任何人都应该维持相当的

/ 辑三 /
礼貌源于，来者何人

礼貌。

　　大声讲话，扰及他人的宁静，是一种不好的习惯。我们试自检讨一番，在别人读书、工作的时候是否有过喧哗的行为？我们要随时随地为别人着想，维持公共的秩序，顾虑他人的利益，不可放纵自己；在公共场所人多的地方，要知道依次排队，不可争先恐后地去乱挤。

　　时间即是生命。我们的生命是一分一秒的在消耗着，我们平常不大觉得，细想起来实在值得警惕。我们每天有许多的零碎时间于不知不觉中浪费掉了。我们若能养成一种利用闲暇的习惯，一遇空闲，无论其为多么短暂，都利用之做一点有益身心之事，则积少成多，终必有成。常听人讲起"消遣"二字，最是要不得，好像是时间太多无法打发的样子。其实人生短促极了，哪里会有多余的时间待人"消遣"？陆放翁有句云："待饭未来还读书。"我知道有人就经常利用这"待饭未来"的时间读了不少的大书。古人所谓"三上之功"——枕上、马上、厕上，虽不足为训，其用意是在劝人不要浪费光阴。

　　吃苦耐劳是我们这个民族的标识。古圣先贤总是教训我们要能过得俭朴的生活，所谓"一箪食，一瓢饮"，就是形容生活状态之极端的刻苦，所谓"嚼得菜根"，就是表示一个有志的人之能耐得清寒。恶衣恶食，不足为耻，丰衣足食，不足为荣，这在个人之修养上是应有的认识。罗马帝国盛时的一位皇帝 Marcus Aurelius，他从小就摒绝一切享受，从来不参观那当时风靡全国的赛车、比武之类的娱乐，终其身成为一位严肃的苦修派的哲学家，而且也建立了不朽的事功。这是很值得令人钦佩的。我们中国是一个穷的国家，所以我们更应该体念艰难，弃绝一切奢侈，尤其是从外国来的奢侈；宜从小就养成俭朴的习惯，更要知道物力维艰，竹头木屑，皆宜爱惜。

以上数端不过是偶然拈来，好的习惯千头万绪，"勿以善小而不为"。习惯养成之后，便毫无勉强，临事心平气和，顺理成章。充满良好习惯的生活，才是合于"自然"的生活。

吾日三省 吾没有错

辑四

你走,我不送你;
你来,无论多大风多大雨,我要去接你。

没有错

吾

吾日三省

谈友谊

朋友居五伦之末，其实朋友是极重要的一伦。所谓友谊实即人与人之间的一种良好的关系，其中包括了解、欣赏、信任、容忍、牺牲……诸多美德。如果以友谊做基础，则其他的各种关系如父子、夫妇、兄弟之类均可圆满地建立起来。当然父子、兄弟是无可选择的永久关系，夫妇虽有选择余地，但一经结合便以不再仳离为原则，而朋友则是有聚有散可合可分的。不过，说穿了，父子、夫妇、兄弟都是朋友关系，不过形式性质稍有不同罢了。严格的讲，凡是充分具备一个好朋友的条件的人，他一定也是一个好父亲、好儿子、好丈夫、好妻子、好哥哥、好弟弟。反过来亦然。

我们的古圣先贤对于交友一端是甚为注重的。《论语》里面关于交友的话很多。在西方亦是如此。罗马的西塞罗有一篇著名的《论友谊》，法国的蒙田、英国的培根、美国的爱默生，都有论友谊的文章。我觉得近代的作家在这个题目上似乎不大肯费笔墨了。这是不是叔季之世友谊没落的征象呢？我不敢说。

古之所谓"刎颈交"，陈义过高，非常人所能企及。如

Damon 与 Pythias、David 与 Jonathan[①]，怕也只是传说中的美谈吧。就是把友谊的标准降低一些，真正能称得起朋友的还是很难得。试想一想，如有银钱经手的事，你信得过的朋友能有几人？在你蹭蹬失意或疾病患难之中还肯登门拜访乃至雪中送炭的朋友又有几人？你出门在外之际对于你的妻室弱媳肯加照顾而又不照顾得太多者又有几人？再退一步，平素投桃报李，莫逆于心，能维持长久于不坠者，又有几人？总角之交，如无特别利害关系以为维系，恐怕很难在若干年后不变成为路人。富兰克林说："有三个朋友是忠实可靠的——老妻、老狗与现款。"妙的是这三个朋友都不是朋友。倒是亚里士多德的一句话最干脆："我的朋友们啊！世界上根本没有朋友。"这些话近于愤世嫉俗，事实上世界里还是有朋友的，不过虽然无需打着灯笼去找，却是像沙里淘金而且还需要长时间的洗炼。一旦真铸成了友谊，便会金石同坚，永不退转。

大抵物以类聚，人以群分。臭味相投，方能永以为好。交朋友也讲究门当户对，纵不必像九品中正那么严格，也自然有个界线。"同学少年多不贱，五陵裘马自轻肥"，于"自轻肥"之余还能对着往日的旧游而不把眼睛移到眉毛上边去么？汉光武容许严子陵把他的大腿压在自己的肚子上，固然是雅量可风，但是严子陵之毅然决然地归隐于富春山，则尤为知趣。朱洪武写信给他的一位朋友说："朱元璋做了皇帝，朱元璋还是朱元璋……"话自管说得

[①] 英语谚语中解作十分要好的朋友。编者注。

/ 辑四 /
吾日三省，吾没有错

很漂亮，看看他后来之诛戮功臣，也就不免令人心悸。人的身心构造原是一样的，但是一入宦途，可能发生突变。孔子说："无友不如己者"，我想一来只是指品学而言，二来只是说不要结交比自己坏的，并没有说一定要我们去高攀。友谊需要两造，假如双方都想结交比自己好的，那便永远交不起来。

好像是王尔德说过，"一个男人与一个女人之间是不可能有友谊存在的"。就一般而论，这话是对的，因为男女之间如有深厚的友谊，那友谊容易变质，如果不是心心相印，那又算不得是友谊。过犹不及，那分际是难以把握的。忘年交倒是可能的。祢衡年未二十，孔融年已五十，便相交友，这样的例子史不绝书，但似乎是也以同性为限。并且以我所知，忘年交之形成固有赖于兴趣之相近与互相之器赏，但年长的一方面多少需要保持一点童心，年幼的一方面多少需要显着几分老成。老气横秋则令人望而生畏，轻薄儇佻则人且避之若浼。单身的人容易交朋友，因为他的情感无所寄托，漂泊流离之中最需要一个一倾积愫的对象，可是等到他有红袖添香、稚子候门的时候，心境便不同了。

"君子之交淡如水"，因为淡所以才能不腻，才能持久。"与朋友交，久而敬之"，敬也就是保持距离，也就是防止过分的亲昵。不过"狎而敬之"是很难的。最要注意的是，友谊不可透支，总要保留几分。Mark Twain[①] 说："神圣的友谊之情，其性质是如此

---
① 即马克·吐温，美国作家，著有《百万英镑》《汤姆·索亚历险记》等。编者注。

的甜蜜、稳定、忠实、持久,可以终身不渝,如果不开口向你借钱。"这真是慨乎言之。朋友本有通财之谊,但这是何等微妙的一件事!世上最难忘的事是借出去的钱,一般认为最倒霉的事又莫过于还钱。一牵涉到钱,恩怨便很难清算得清楚,多少成长中的友谊都被这阿堵物所戕害!

规劝乃是朋友中间应有之义,但是谈何容易。名利场中,沉瀣一气,自己都难以明辨是非,哪有余力规劝别人?而在对方则又良药苦口忠言逆耳,谁又愿意让人批他的逆鳞?规劝不可当着第三者的面前行之,以免伤他的颜面,不可在他情绪不宁时行之,以免逢彼之怒。孔子说:"忠告而善道之,不可则止。"我总以为劝善规过是友谊之消极的作用。友谊之乐是积极的。只有神仙与野兽才喜欢孤独,人是要朋友的。"假如一个人独自升天,看见宇宙的大观、群星的美丽,他并不能感到快乐,他必要找到一个人向他述说他所见的奇景,他才能快乐。"共享快乐,比共受患难,应该是更正常的友谊中的趣味。

门铃

居住的地方不该砌起围墙。既然砌了墙,不该留一个出入的门口。既然留了门口,不该按上一个门铃。因为门铃带来许多烦恼。

门铃非奢侈品,前后左右的邻居皆有之,而且巧得很,所装门铃大概都是属于一个类型,发出哑哑的、沙沙的声音。一声铃响,就是心惊,以为有什么人的高轩莅止,需要仔细的倾耳辨别,究竟是人家的铃响,还是自己的铃响。一方面怕开门太迟慢待佳宾,一方面怕一场误会徒劳往返,然而必须等待第二声甚至第三声铃响,才能确实分辨出来,往往因此而惹得来人不耐烦,面有愠色。于是我把门铃拆去,换装了一个声音与众不同的铃。铃一响,就去开门,真正的是如响斯应。

实际上不能如响斯应。寒舍虽非深宅大院,但是没有应门三尺之僮,必须自理门户,由起居之处走到门口也还有一点空间,空间即时间,有时还要脱鞋换鞋,倒屣是不可能的,所以其间要有一点耽搁。新的门铃响声相当宏亮,不但主人不会充耳不闻,客人自己也听得清清楚楚。很少客人愿意在门外多停留几秒钟,总是希望主人用超音速的步伐前来应门。尤其是送信的人,常常是迫不及待,按起门铃如鸣警报,一声比一声急。有时候沿门求乞的人,也充分的利用这一设备,而且是理直气壮的大模大样地按铃。卖广柑的,修理棕绷竹椅的,打滴滴涕的,推销酱油的,推销牛奶的,传教的洋人及准洋人,都有权利按铃,而且常是在最令人感觉不方便的时候来使劲的按铃。铃声无论怎样悦耳,总是给人以不悦快的预兆时为多。

铃是为人按的,不拘什么人都可以按,主人有应声开门的义务,没有不去开门的权力。开门之后,一个鸠首鹄面的人手里拿着烂糟糟的一本捐册,缘起写得十分凄惨,有"舍弟江南死,家兄塞北亡"的意味,外加还有什么证明文件之类。遇到这种场面,除了敬谨捐献之外,夫复何言?然而这不是最伤脑筋的事,尤有甚于此者。多半是在午睡方酣之际,一声铃响,令人怵然以惊,赶紧披衣起身施施然出。开门四望,阒无一人,只觉阴风扑面,令人打一个冷战。一条夹着尾巴的野狗斜着眼睛瞟我一下匆匆过去,一个不信鬼的人遇见这样情形也要觉得心头栗栗。这种怪事时常发生,久之我才知道这乃是一些小朋友们的户外游戏之一种,"打了就跑"。你在四向张望的时候,他也许是藏在一个墙角正在窃窃冷笑。

有些人大概是有奇怪的收藏癖,喜欢收集各式各样的电铃的盖子,否则为什么门口的电铃上的盖子常常不翼而飞呢?这种盖子是没有什么其他的用场的，不值得窃取，只能像集邮一般的满足一种收藏的癖好。但是这癖好却建筑在别人的烦恼上。没有把你的大门摘走，已是取不伤廉，还怨的是什么？感谢工业的伟大的进步，有一种电铃没有凸出的圆盖了，钉在墙上平糊糊的只露出滑小溜丢的一个小尖头在外面供你按，但不能一把抓。

按照我国固有文明，拉铃和电铃一样有用，而烦恼较少。《江南余载》有这样一条："陈雍家置大铃，署其旁曰：'无钱雇仆，客至请挽之。'"今之拉铃，即其遗风。这样的拉铃简单朴素，既无虞被人采集而去，亦不至被视为户外游戏的用具。而且，既非电化器材，不怕停电。从前我家里的门铃就是这样的，记得是在我的祖父去世的那年，出殡时狮子"松活"的头下系着的几个大铜铃，扎在一起累累然挂在房檐下，作为门铃用。挽拉起来，哗啷哗啷的乱响，声势浩大。自从改装了电铃，就一直烦恼，直到于今。

这一切烦恼皆是城市生活环境使然。如果是野堂山居，必定门可罗雀，偶然有长者车辙，隔着柴扉即可望见颜色。"门前剥啄定佳客，檐外孱颜皆好山"，那是什么情景？

电话

清末民初的时候,北平开始有了电话,但是还不普遍。我家里在民国元年装了电话,我还记得号码是东局六八六号。那一天,我们小孩子都很兴奋,看电话局的工人们窜房越脊牵着电线走如履平地,像是特技表演。那时候,一般人都称电话为德律风,当然是译音。但是清末某一位上海人的笔记,自作聪明,说德律风乃西洋某发明家之姓氏,因纪念他的发明,遂以他的姓氏名之。那时的电话不似现在的样式,是钉挂在墙上的庞然大物,顶端两个大铃像是瞪着的大眼睛,下面是一块斜木板,预备放纸笔什么的样子,再下面便像是隆起的大腹,里边是机器了。右手有个摇尺,打电话的时候要咕噜咕噜的猛摇一二十下,然后摘下左方的耳机[1],嘴对着当中的小喇叭说话、叫号。这样笨重的电话机,现在恐怕只有博物馆里才得一见了。外边打电话进来,铃声一响,举家惊慌奔走相告,有的人还不敢去接听,不知怕的是什么。

从前的人脑筋简单,觉得和老远老远的人说话一定要提高嗓

---

[1] 此"耳机"应为"听筒"。余文同。编者注。

/ 辑四 /
吾日三省，吾没有错

门，生怕对方听不到，于是彼此对吼，力竭声嘶。他们不知道充分利用电话，没有想到电话里可以喁喁情语，可以娓娓闲聊，可以聊个把钟头，可以霸占线路旁若无人。我最近看见过一位用功的学生，一面伏案执笔，一面歪着脑袋把电话耳机夹在肩头上，口里不时念念有词，原来是在和他的一位同学长期交谈，借收切磋之效。老一辈的人，常以为电话多少是属于奇淫技巧一类，并不过分欣赏，顶多打个电话到长发号叫几斤黄酒，或是打个电话到宝华春叫一只烧鸭子的时候，不能不承认那份方便。至若闲来没事找个人聊天，则串门子也好，上茶馆也好，对面晤谈，有说有笑，何必性急，玩弄那个洋玩艺儿？

后来电话渐渐普遍，许多人家由"天棚鱼缸石榴树"一变而为"电灯电话自来水"的局面。虽说最近有一处擦皮鞋的摊子都有了电话，究竟这还是一项值得一提的设备，房屋招租广告就常常标明带有电话。广告下不必说明"门窗户壁俱全"，因为那是题中应有之义，而电话则不然了。

尽管电话还不够普遍，但是在使用上已有泛滥成灾之势。我有一位朋友颇有科学头脑，他在临睡之前在电话上做了手脚，外面打电话进来而铃不响，他可以安然地高枕而眠。我总觉得这有一点自私，自己随时打出去，而不许别人随时打进来。可是如果你好梦正酣，突被电话惊醒，大有可能对方拨错了号码，这时候你能不气得七窍生烟吗？如果你在各种最不便起身接电话的时候，而电话铃响个不停，你是否会觉得十分扫兴、狼狈、忿怒？有人给电话机装个插头，用时插上，不用时拔下，日夜安宁，永绝后患。我问他："这样做，不怕误事么？"他说："误什么事？误谁的事？电话响，有如'夜猫子进宅'，大概没有好事。"他的话不是无理，可是我狠不下心这样做。如果人人都这样的壁垒森严，电话就根本失效，你打电话去怕也没有人接。

电话号码拨错，小事一端，贤者不免，本无需懊恼，可恼的是对方时常是粗声粗气，一觉得话不对头，便呱嗒一声挂断，好像是一位病危的人突然断气，连一声"对不起"都没来得及说，这时节要我这方面轻轻把耳机放好我也感觉为难。

电话机有一定装置的地方，或墙上，或桌上，或床头。当然也有在厨房或洗手间装有分机的。无论如何，人总有距离电话十尺、二十尺开外的时候，铃响之后，即使几个箭步奔过去接，也需要几秒钟的时候。对方往往就不耐烦了，你刚拿起耳机，他已愤而断绝往来。有几个人能像一些机关大老雇得起专管电话的女秘书？对方往往还理直气壮地责问下来："为什么电话没有人接？"我需要诌出理由为自己的有亏职守勉强开脱。

电话打通，谁先报出姓名身分，没有关系，先道出姓名的一方不见得吃亏，偏偏有人喜欢捉迷藏。"喂，你是哪里？""你要哪里？""我要××××××号。""我这里就是。""×××在不在家？""你是哪一位？""我姓W。""大名呢？""我

/ 辑四 /
吾日三省，吾没有错

是×××。""好，你等一下。"这样枉费唇舌还算是干净利落的，很可能话不投机，一时肝火旺，演变成为小规模的口角。还有比这个更烦人的："喂，你猜我是谁？猜猜看！怎么连我的声音都听不出来？"对于这样童心未泯的戴着面具的人，只好忍耐，自承愚蠢。

电话不设防，谁都可以打进来。我有时不揣冒昧，竟敢盘诘对方的姓名身分，而得到的答话是："我是你的读者。"好像读者有权随时打电话给作者，好像作者应该有"售后服务"的精神。我追问他有何见教，回答往往是：某一个英文字应该怎样讲，怎样读，怎样用；某一句话应该怎样译；再不就是问英文怎样可以学好。这总是好学之士，我不敢怠慢，请他写封信来，我当书面答复。此后多半是音讯杳然，大概他是认为这是小事，不值得一操翰墨吧。

客

"只有上帝和野兽才喜欢孤独。"上帝吾不得而知之,至于野兽,则据说成群结党者多,真正孤独者少。我们凡人,如果身心健全,大概没有不好客的。以欢喜幽独著名的 Thoureau[①]他在树林里也将来客安排得舒舒贴贴。我常幻想着"风雨故人来"的境界,在风飒飒、雨霏霏的时候,心情枯寂百无聊赖,忽然有客款扉,把握言欢,莫逆于心。来客不必如何风雅,但至少第一不谈物价升降,第二不谈宦海浮沉,第三不劝我保险,第四不劝我信教,乘兴而来,兴尽即返,这真是人生一乐。但是我们为客所苦的时候也颇不少。

很少的人家有门房,更少的人家有拒人千里之外的阍者,门禁既不森严,来客当然无阻,所以私人居处,等于日夜开放。有时主人方在厕上,客人已经升堂入室,回避不及,应接无术,主人鞠躬如也,客人呆若木鸡;有时主人方在用饭,而高轩贲止,便不能不效周公之"一饭三吐哺",但是来客并无归心,只好等送客出门之后再补充些残羹剩饭;有时主人已经就枕,而不能不倒屣相迎。

[①] 即梭罗,美国作家、哲学家,著有《瓦尔登湖》等。编者注。

/ 辑四 /
吾日三省，吾没有错

一天二十四小时之内，不知客人何时入侵，主动在客，防不胜防。

在西洋，所谓客者是很希罕的东西，因为他们办公有办公的地点，娱乐有娱乐的场所，住家专做住家之用。我们的风俗稍为不同一些，办公、打牌、吃茶、聊天都可以在人家的客厅里随时举行。主人既不能在座位上遍置针毡，客人便常有如归之乐。从前官场习惯，有所谓端茶送客之说。主人觉得客人应该告退的时候，便举起盖碗请茶；那时节一位训练有素的豪仆在旁一眼瞥见，便大叫一声"送客！"另有人把门帘高高打起。客人除了告辞之外，别无他法。可惜这种经济时间的良好习俗，今已不复存在，而且这种办法也只限于官场，如果我在我的小小客厅之内端起茶碗，由荆妻稚子在旁嘤然一声"送客"，我想客人会要疑心我一家都发疯了。

客人久坐不去，驱襀至为不易。如果你枯坐不语，他也许发表长篇独白，像个垃圾口袋一样，一碰就泄出一大堆；也许一根一根的纸烟不断地吸着，静听挂钟滴答滴答的响。如果你暗示你有事要走，他也许表示愿意陪你一道走。如果你问他有无其他的事情见教，他也许干脆告诉你来此只为闲聊天。如果你表示正在为了什么事情忙，他会劝你多休息一下。如果你一遍一遍地给他斟茶，他也许就一碗一碗地喝下去而连声说"主人别客气"。乡间迷信，恶客盘踞不去时，家人可在门后置一扫帚，用针频频刺之，客人便会觉得有刺股之痛，坐立不安而去。此法有人曾经实验，据云无效。

"茶，泡茶，泡好茶；坐，请坐，请上座。"出家人犹如此

175

势利，在家人更可想而知。但是为了常遭客灾的主人设想，茶与座二者常常因客而异，盖亦有说。凡好牛饮之客，自不便奉以"水仙""云雾"，而精研《茶经》之士，又断不肯尝试那"高末""茶砖"。茶卤加开水，浑浑满满一大盅，上面泛着白沫如啤酒，或漂着油彩如汽油，这固然令人恶心；但是如果名茶一盏，而客人并不欣赏，轻哑一口，盅缘上并不留下芬芳，留之无用，弃之可惜，这也是非常讨厌之事。所以客人常被分为若干流品，有能启用平凡主人自己舍不得饮用的好茶者；有能享受主人自己日常享受的中上茶者；有能大量取用茶卤冲开水者，飨以"玻璃"者是为未入流。至于座处，自以直入主人的书房绣闼者为上宾，因为屋内零星物件必定甚多，而主人略无防闲之意，于亲密之中尚含有若干敬意，做客至此，毫无遗憾；次焉者廊前檐下随处接见，所谓班荆道故，了无痕迹；最下者则肃入客厅，屋内只有桌椅板凳，别无长物，主人着长袍而出，寒暄就座，主客均客气之至；在厨房后门伫立而谈者是为未入流。我想此种差别待遇，是无可如何之事，我不相信孟尝门客三千而待遇平等。

　　人是永远不知足的。无客时嫌岑寂，有客时嫌烦嚣，客走后扫地抹桌又另有一番冷落空虚之感。问题的症结全在于客的素质。如果素质好，则未来时想他来，既来了想他不走，既走想他再来；如果素质不好，未来时怕他来，既来了怕他不走，既走怕他再来。虽说物以类聚，但不速之客甚难预防。"夜半待客客不至，闲敲棋子落灯花"，那种境界我觉得最足令人低徊。

请客

常听人说:"若要一天不得安,请客;若要一年不得安,盖房;若要一辈子不得安,娶姨太太。"请客只有一天不得安,为害不算太大,所以人人都觉得不妨偶一为之。

所谓请客,是指自己家里邀集朋友便餐小酌。至于在酒楼饭店"铺筵席,陈尊俎",呼朋引类,飞觞醉月,享用的是金樽清酒、玉盘珍馐,最后一哄而散,由经手人员造账报销,那种宴会只能算是一种病狂或是罪孽,不提也罢。

妇主中馈,所以要请客必须先归而谋诸妇。这一谋,有分教,非十天半月不能获致结论,因为问题牵涉太广,不能一言而决。

首先要考虑的是请什么人。主客当然早已内定,陪客的甄选大费酌量。眼睛生在眉毛上边的宦场中人,吃不饱饿不死的教书匠,一身铜臭的大腹贾,小头锐面的浮华少年……若是聚在一个桌上吃饭,便有些像是鸡兔同笼,非常勉强。把夙未谋面的人拘在一起,要他们有说有笑,同时食物都能顺利地从咽门下去,也未免强人所难。主人从中调处,殷勤了这一位,怠慢了那一位,想找一

177

些大家都有兴趣的话题亦非易事。所以客人需要分类，不能鱼龙混杂。客的数目视设备而定，若是能把所有该请的客人一网打尽，自然是经济算盘，但是算盘亦不可打得太精。再大的圆桌面也不过能坐十三四个体态中型的人。说来奇怪，客人单身者少，大概都有宝眷，一请就是一对，一桌只好当半桌用。有人请客宽发笺帖，心想总有几位心领谢谢，万想不到人人惠然肯来，而且还有一位特别要好的带来一个七八岁的小宝宝！主人慌忙添座，客人谦让，"孩子坐我腿上！"大家挤挤攘攘，其中还不乏中年发福之士，把圆桌围得密不通风，上菜需飞越人头，斟酒要从耳边下注，前排客满，主人在二排敬陪。

拟菜单也不简单。任何家庭都有它的招牌菜，可惜很少人肯用其所长，大概是以平素见过的饭馆酒席的局面作为蓝图。家里有厨师厨娘，自然一声吩咐，不再劳心，否则主妇势必亲自下厨操动刀俎。主人多半是擅长理论，真让他切葱剥蒜都未必能够胜任。所以拟定菜单，需要自知之明，临时"钻锅"翻看食谱未必有济于事。四冷荤、四热炒、四压桌，外加两道点心，似乎是无可再减，大鱼大肉，水陆杂陈，若不能使客人连串地打饱嗝，不能算是尽兴。菜单拟订的原则是把客人一个个的填得嘴角冒油。而客人所希冀的也往往是一场牙祭。有人以水饺宴客，馅子是猪肉菠菜，客人咬了一口，大叫："哟，里面怎么净是青菜！"一般人还是欣赏肥肉厚酒，管它是不是烂肠之食！

/ 辑四 /

吾日三省，吾没有错

宴客的吉日近了，主妇忙着上菜市，挑挑拣拣，拣拣挑挑，又要物美又要价廉，装满两个篮子，半途休憩好几次才能气喘汗流的回到家。泡的、洗的、剥的、切的，闹哄一两天，然后丑媳妇怕见公婆也不行，吉日到了。客人早已折简相邀，难道还会不肯枉驾？不，守时不是我们的传统。准时到达，岂不像是"头如穹庐咽细如针"的饿鬼？要让主人干着急，等他一催请再催请，然后徐徐命驾，姗姗来迟，这才像是大家风范。当然朋友也有特别性急而提早莅临的，那也使得主人措手不及，慌成一团。客人的性格不一样，有人进门就选一个比较最好的座位，两脚高架案上，真是宾至如归；也有人寒暄两句便一头扎进厨房，声称要给主妇帮忙，系着围裙伸着两只油手的主妇连忙谦谢不迭。等到客人到齐，无不饥肠辘辘。

落座之前还少不了你推我让的一幕。主人指定座位，时常无效，除非事前摆好名牌，而且写上官衔，分层排列，秩序井然。敬酒按说是主人的责任，但是也时常有热心人士代为执壶，而且见杯即斟，每斟必满。不知是什么时候什么人兴出来的陋习，几乎每个客人都会双手举杯齐眉，对着在座的每一位客人敬酒，一霎间敬完一圈，但见杯起杯落，如"兔儿爷捣碓"。不喝酒的也要把汽水杯子高高举起，虚应故事，喝酒的也多半是狞眉皱眼的抿那么一小口。一大盘热糊糊的东西端上来了，像翅羹，又像糨糊，一人一勺子，盘底花纹隐约可见，上面洒着的一层芫荽不知被哪一位像艾除毒草似的拨到了盘下，又不知被哪一位从盘下夹到嘴里吃了。还有人坚持海味非蘸醋不可，高呼要醋，等到一碟"忌讳"送上台面，海味早已不见了。菜是一道一道地上，上一道客人喊一次"太丰富，太丰富"，然后埋头大嚼，不敢后人。主人照例谦称："不成敬意，家常便饭。"心直口快的客人就许提出疑问："这样的家常便饭，怕不要吃穷了？"主人也只好噗哧一笑而罢。将近尾声的时候，大概总有一位要先走一步，因为还有好几处应酬。这时候主妇踱了进来，红头涨脸，额角上还有几颗没揩干净的汗珠。客人举起空杯向她表示慰劳之意，她坐下胡乱吃一些残羹剩炙。

　　席终，香茗、水果伺候，客人靠在椅子上剔牙，这时节应该是客去主人安了。但是不，大家雅兴不浅，谈锋尚健，饭后磕牙，海阔天空，谁也不愿首先言辞，致败人意。最后大概是主人打了一个哈欠而忘了掩口，这才有人提议散会。天下无不散之筵席，奈何奈何？不要以为席终人散，立即功德圆满，地上有无数的瓜子皮、纸烟灰，桌上杯碟狼藉，厨房里有堆成山的盘碗锅勺，等着你办理善后！

送礼

俗语说："官不打送礼的。"此语甚妙。因为从前的官不是等闲人，他是可以随便打人的，所以有人怕见官，见了官便不由得有三分惧怕，而送礼的人则必定是有求于人，惟恐人家不肯赏收，必定是卑躬屈膝春风满面、点头哈腰老半天，谁还狠得下心打笑脸人？至于礼之厚薄，倒无关宏旨，好歹是进账，细大不蠲，收下再说。

不过送礼的人也确实有些是该打屁股的。

送礼这件事，在送的这一方面是很苦恼的一个节目，尤其是逢时按节的例行送礼。前例既开，欲罢不能。如果是个什么机构之类，有人可以支使采办，倒还省事。采办的人在其中可以大显身手。礼讲究四色，其中少不得一篮应时水果，篮子硕大无朋，红绳缎带，五花大绑，一张塑胶纸绷罩在上面，绷得紧，系得牢，要打开还很费手脚。打开之后，时常令人叫绝。原来篮子之中有草纸一堆坟然隆起，上面盖着一层光艳照人的苹果、梨、柑之类，一部分水果的下面是黑烂发霉的。四色之中可能还有金华火腿一只，使得这一份礼物益发高贵而隆重。死尸可以冷藏而不腐，火腿则必须在适当温度中长期腌制，而亚热带天气只适宜促成其速朽。我就收到过不止一只金玉其外的火腿，纸包得又俊又俏，绳子捆得紧紧的，露在外面的爪尖干干净净，红色门票上还有金字。有一天打开一看，嘿！就像医师开刀发现内部癌瘤已经溃散赶紧缝起创口了事一般，我也赶快把它原封包起。原来里面万头攒动着又白又胖的蛆虫，而且不需用竹筷贯刺就有一股浓厚的尸臭中人欲呕。我有意把这只金华火腿送走，使它物还原主，又真怕伤了他的自尊，而且西谚有云："不要扒开人家赠你的一匹马的嘴巴看。"其意是对礼物不可挑剔。无可奈何之中，想起了平剧中有"人头挂高杆"之说，于是乘黄昏时候，蹑手蹑脚地把这只火腿挂在大门外的电线杆上，自门隙窥伺之，果见有人施施然来，睹物一惊，驻足逡巡，然后四顾无人迅速出手，挟之而去，这只火腿的最后下落如何我就不知道了。送水果、送火腿的人，那份隆情盛意，我当然是领受了。

英文里有个名词"白象"（white elephant），意为相当名贵而无实用并且难于处置的东西。试想有人送你一头白象，你把它安顿在哪里？你一天需要饲喂它多少食粮？它病了你怎么办？它发脾气你怎么办？我相信一旦白象到门，你会手足无措。事实上我们收到的礼物偶然也是近似白象，令人啼笑皆非。我收到一项礼物，瓶状的电桌灯一盏，立在地面上就几乎与我齐眉，若是放在太和殿里当然不嫌其大，可惜蜗居逼仄，虽不至于仅可容膝，这样的庞然巨

/ 辑四 /
吾日三省，吾没有错

制放在桌上实在不称，万一头重脚轻倒栽下来，说不定会砸死人。居然有客人来，欣赏其体制之雄伟，说它壮观，我立即举以相赠，请他把白象牵了出去，后遂不知其所终。

生日礼物，顺理成章的是一块蛋糕。问题在，你送一块，他也送一块，一下子收到二块、二十块大蛋糕，其中还可能有两个人抬着拿进来的超大号的，虽说"好的东西不嫌多"，真的多了起来也是一患。我亲见有一位宦场中人，他生日那天收到三十块以上的蛋糕，陈列在走廊上，洋洋大观。最后筵席散了，主人央客各自携带一块蛋糕回家，这样才得收疏散之效。客人各自提着像帽盒似的一个纸匣子，鱼贯而出，煞是好看。照理说，蛋糕是好东西，或细而软，或糙而松，各有其风味，唯独上面糊着的一层雪白的"蜡油"实在令人难以入口。偶然也有使用搅打过的鲜奶油的，但不常见，常见的硬是"蜡油"。我曾亲见一个任性的孩子，一次罄了一个直径一呎以上的蜡油蛋糕，父母不拦阻他，因为他府上蛋糕实在太多，正苦于没有销场，结果是那个孩子倒在床上呻吟呕吐，黄澄澄一橛一橛的从嘴里吐出来，那样子好难看！

有些人家是很讲究禁忌的。大概，最忌的是送钟，因为"钟"与"终"二字同音。送钟来，拒受则失礼，往往当即回敬一圆钱，象征其是买而非送，即足以破除其不祥。其实自始即有终，此乃自然之道。何况大限未至，即有人先来预约执绋，料想将来局面不致冷冷清清，也正是好事。有人在生日的时候，收到一份奇特的礼物——半匹粗白布。这种东西不是没有实用,将来不定为了谁而遵礼成服的时候,为经、为带均无不可,只是不知要收藏多久。主妇灵机一动,把布染成粉红色,剪裁加缝,做成很出色的成套的沙发罩布,化乖戾为吉祥。有人忌讳朋友送书给他,生怕因此而赌输。我从不赌博,因此最欢迎有人送书给我,未读之书太多,开卷总归有益,但是朋友总是怕我坏了手气,只有很少的几位肯以书见贻,真所谓"知我者,二三子"!

　　送礼给人,当然是应该投其所好。除非是存心呕气,像诸葛孔明之送巾帼给司马仲达。所以送礼之前,势必要先通过大脑思量一番。如果对方是和尚,送篦子就不大相宜,虽然也有"金篦刮眼"之说。如果对方患消渴,则再好的巧克力糖也难以使他衷心喜悦。如果对方已经老掉了牙,铁蚕豆就不可以请他尝试。诸如此类,不必细举。再说礼物轻重也该有个斟酌,轻了固然寒伧,重了也容易启人疑窦,以为你有什么分外的企图。从前旧俗,家家有一本礼簿,往来户头均有记录,逢年过节或红白喜事均有例可循,或送现金,或送席票。如果向无往来,新开户头,则看下次遇到机会对方有无还礼,有则继续下去,无则不再往来,这不失为公平合理的办法。现在时代不同了,人口流动,应酬频繁,粉红炸弹与白色讣闻满天飞,送礼变成了灾害,如果逃不掉躲不开,则只好虚应故事,投以一篮鲜花或是一端幛子,而没有其他多少选择了。

送行

"黯然销魂者,别而已矣。"遥想古人送别,也是一种雅人深致。古时交通不便,一去不知多久,再见不知何年,所以南浦唱支骊歌,灞桥折条杨柳,甚至在阳关敬一杯酒,都有意味。李白的船刚要启碇,汪伦老远的在岸上踏歌而来,那幅情景真是历历如在目前。其妙处在于纯朴真挚,出之以潇洒自然。平凤莫逆于心,临别难分难舍。如果平常我看着你面目可憎,你觉得我语言无味,一旦远离,那是最好不过,只恨世界太小,惟恐将来又要碰头,何必送行?

在现代人的生活里,送行是和拜寿送殡等等一样的成为应酬的礼节之一。"揪着公鸡尾巴"起个大早,迷迷糊糊的赶到车站码头,挤在乱哄哄人群里面,找到你的对象,扯几句淡话,好容易耗到汽笛一叫,然后鸟兽散,吐一口轻松气,噘着大嘴回家。这叫做周到。在被送的那一方面,觉得热闹,人缘好,没白混,而且体面,有这么多人舍不得我走,斜眼看着旁边的没人送的旅客,相形之下,尤其容易起一种优越之感,不禁精神抖擞,恨不得对每一个送行的人要握八次手,道十回谢。死人出殡,都讲究要有多少亲友执绋,表示恋恋不舍,何况活人?行色不可不壮。

悄然而行似是不大舒服,如果别的旅客在你身旁耀武扬威的与送行的话别,那会增加旅中的寂寞。这种情形,中外皆然。Max Beerbohm[①]写过一篇《谈送行》,他说他在车站上遇见一位以演剧为业的老朋友在送一位女客,始而喁喁情话,俄而泪湿双颊,终乃汽笛一声,勉强抑止哽咽,向女郎频频挥手,目送良久而别。原来这位演员是在做戏,他并不认识那位女郎,他是属于"送行会"的一个职员。凡是旅客孤身在外而愿有人到站相送的,都可以到"送行会"去雇人来送。这位演员出身的人当然是送行的高手,他能放进感情,表演逼真。客人纳费无多,在精神上受惠不浅。尤其是美国旅客,用金钱在国外可以购买一切,如果"送行会"真的普遍设立起来,送行的人也不虞缺乏了。

送行既是人生中所不可少的一桩事,送行的技术也便不可不注意到。如果送行只限于到车站码头报到,握手而别,那么问题就简单,但是我们中国的一切礼节都把"吃"列为最重要的一个项目。一个朋友远别,生怕他饿着走,饯行是不可少的,恨不得把若干天的营养都一次囤积在他肚里。我想任何人都有这种经验,如有远行而消息外露(多半还是自己宣扬),他有理由期望着饯行的帖

[①] 即马克思·比尔博姆,英国散文家、剧评家、漫画家,有《马克斯·比尔博姆文集》传世。编者注。

子纷至沓来，短期间家里可以不必开伙。还有些思虑更周到的人，把食物携在手上，亲自送到车上船上，好像是你在半路上会要挨饿的样子。

我永远不能忘记最悲惨的一幕送行。一个严寒的冬夜，车站上并不热闹，客人和送客的人大都在车厢里取暖，但是在长得没有止境的月台上却有黑查查的一堆送行的人，有的围着斗篷，有的戴着风帽，有的脚尖在洋灰地上敲鼓似的乱动。我走近一看，全是熟人，都是来送一位太太的。车快开了，不见她的踪影，原来在这一晚她还有几处饯行的宴会。在最后的一分钟，她来了。送行的人们觉得是在接一个人，不是在送一个人，一见她来到大家都表示喜欢，所有惜别之意都来不及表现了。她手上抱着一个孩子，吓得直哭，另一只手扯着一个孩子，连跑带拖；她的头发蓬松着，嘴里喷着热气，像是冬天载重的骡子；她顾不得和送行的人周旋，三步两步的就跳上了车。这时候车已在蠕动。送行的人大部分都手里提着一点东西，无法交付，可巧我站在离车门最近的地方，大家把礼物都交给了我："请您偏劳给送上去吧！"我好像是一个圣诞老人，抱着一大堆礼物。我一个箭步窜上了车，我来不及致辞，把东西往她身上一扔，回头就走。从车上跳下来的时候，打了几个转才立定脚跟。事后我接到她一封信，她说：

那些送行的都是谁？你丢给我那一堆东西，到底是谁送的？我在车上整理了好半天，才把那堆东西聚拢起来打成一个大包袱。朋友们的盛情算是给我添了一件行李。我愿意知道哪一件东西是哪一位送的，你既是代表送上车的，你当然知道，盼速见告。

计开：水果三筐，泰康罐头四个，果露两瓶，蜜饯四盒，饼干四罐，豆腐乳四罐，蛋糕四盒，西点八盒，纸烟八听，信纸、信封一匣，丝袜两双，香水一瓶，烟灰碟一套，小钟一具，衣料两块，酱菜四篓，绣花拖鞋一双，大面包四个，咖啡一听，小宝剑两把……

这问题我无法答复，至今是个悬案。

我不愿送人，亦不愿人送我，对于自己真正舍不得离开的人，离别的那一刹那像是开刀。凡是开刀的场合照例是应该先用麻醉剂，使病人在迷蒙中度过那场痛苦，所以离别的苦痛最好避免。一个朋友说："你走，我不送你；你来，无论多大风多大雨，我要去接你。"我最赏识那种心情。

代沟

代沟是翻译过来的一个比较新的名词，但这个东西是我们古已有之的。自从人有老少之分，老一代与少一代之间就有一道沟，可能是难以飞渡的深沟天堑，也可能是一步迈过的小渎阴沟，总之是其间有个界限。沟这边的人看沟那边的人不顺眼，沟那边的人看沟这边的人不像话，也许吹胡子瞪眼，也许拍桌子卷袖子，也许口出恶声，也许真个的闹出命案，看双方的气质和修养而定。

《尚书·无逸》："相小人，厥父母勤劳稼穑，厥子乃不知稼穑之艰难，乃逸乃谚既诞。否则侮厥父母曰：'昔之人，无闻知。'"这几句话很生动，大概是我们最古的代沟之说的一个例证。大意是说：请看一般小民，做父母的辛苦耕稼，年轻一代不知生活艰难，只知享受放荡，再不就是张口顶撞父母说："你们这些落伍的人，根本不懂事！"活画出一条沟的两边的人对峙的心理。小孩子嘛，总是贪玩。好逸恶劳，人之天性，只有饱尝艰苦的人，才知道以无逸为戒。做父母的人当初也是少不更事的孩子，代代相仍，历史重演。一代留下一沟，像树身上的年轮一般。

虽说一代一沟，腌臜的情形难免，然大体上相安无事。这就是因为有所谓传统者，把人的某一些观念胶着在一套固定的范畴里。"不以规矩不能成方圆"。大家都守规矩，尤其是年轻的一代。"鞋大鞋小，别走了样子！"小的一代自然不免要憋一肚皮委屈，但是，别忙，"多年的媳妇熬成婆，多年的道路走成河"，转眼间黄口小儿变成鲐背耆老，又轮到自己唉声叹气，抱怨一肚皮不合时宜了。

我记得我小的时候，早起要跟着姐姐哥哥排队到上房给祖父母请安，像早朝一样的肃穆而紧张，在大柜前面两张两人凳上并排坐下，腿短不能触地，往往甩腿，这是犯大忌的，虽然我始终不知是犯了什么忌。祖父母的眼睛瞪得圆圆的，手指着我们的前后摆动的小腿说："怎么，一点样子都没有！"吓得我们的小腿立刻停摆，我的母亲觉得很没有面子，回到房里着实的数落了我们一番，祖孙之间隔着两条沟，心理上的隔阂如何得免？当时，我心里纳闷，我甩腿，干卿底事。我十岁的时候，进了陶氏学堂，领到一身体操时穿的白帆布制服，有亮晶的铜钮扣，裤边还镶贴两条红带，现在回想起来有点滑稽，好像是卖仁丹游街宣传的乐队，那时却扬扬自得，满心欢喜地回家，没想到赢得的是一头雾水："好呀！我还没死，就先穿起孝衣来了！"我触了白色的禁忌。出殡的时候，灵前是有两排穿白衣的"孝男儿"，口里模仿嚎丧地哇哇叫。此后每逢体操课后回家，先在门口脱衣，换上长褂，卷起裤筒。稍后，我进了清华,看见有人穿白帆布橡皮底的网球鞋,心羡不已,于是也从天津邮购了一双,但是始终没敢穿了回家。只求平安少生事,莫在代沟之内起风波。

大家庭制度下,公婆儿媳之间的代沟是最鲜明也最凄惨的。儿子自外归来,不能一头扎进闺房,那样做不但公婆瞪眼,所有的人都要竖起眉毛。他一定要先到上房请安,说说笑笑好一大阵,然后公婆(多半是婆)开恩发话:"你回屋里歇歇去吧。"儿子奉旨回到闺闱。媳妇不能随后跟进,还要在公婆面前周旋一下,然后公婆再度开恩:"你也去吧。"媳妇才能走,慢慢的走。如果媳妇正在院里浣洗衣服,儿子过去帮一下忙,到后院井里用柳罐汲取一两桶水,送过去备用,结果也会招致一顿长辈的唾骂:"你走开,这不是你做的事。"我记得半个多世纪以前,有一对大家庭中的小夫妻,十分的恩爱,夫暴病死,妻觉得在那样家庭中了无生趣,竟服毒以殉。殡殓后,追悼之日政府颁赠匾额曰"彤管扬芬",女家致送的白布横披曰"看我门楣"!我们可以听得见代沟的冤魂哭泣,虽然代沟另一边的人还在逞强。

以上说的是六七十年前的事。代沟中有小风波,但没有大泛滥。张公艺九代同居,靠了一百多个忍字。其实九代之间就有八条沟,沟下有沟,一代压一代,那一百多个忍字还不是一面倒,多半由下面一代承当?古有明训,能忍自安。

五四运动实乃一大变局。新一代的人要造反,不再忍了。有人要"整理国故",管他什么三坟五典八索九丘,都要揪出来重新交付审判,礼教被控吃人,孔家店遭受捣毁的威胁,世世代代留下来的沟,要彻底翻腾一下,这下子可把旧一代的人吓坏了。有人提倡读经,有人竭力卫道,但是,不是远水不救近火,便是只手难挽狂澜,代沟总崩溃,新一代的人如脱缰之马,一直旁出斜逸奔放驰骤到如今。旧一代的人则按照自然法则一批一批地凋谢,填入时代的沟壑。

代沟虽然永久存在,不过其现象可能随时变化。人生的麻烦事,千端万绪,要言之,不外财色两项。关于钱财,年长的一辈多少有一点吝啬的倾向。吝啬并不一定全是缺点。"称财多寡而节用之,富无金藏,贫不假贷,谓之啬。积多不能分人,而厚自养,谓之吝。不能分人,又不能自养,谓之爱。"这是《晏子春秋》的说法。所谓爱,就是守财奴。是有人好像是把孔方兄一个个的穿挂在他的肋骨上,取下一个都是血丝糊拉的。英文俚语,勉强拿出一块钱,叫做"咳出一块钱",大概也是表示钱是深藏于肺腑,需要用力咳才能跳出来。年轻一代看了这种情形,老大的不以为然,心里想:"这真是'昔之人,无闻知',有钱不用,害得大家受苦,忘记了'一个钱也带不了棺材里去'。"心里有这样的愤懑蕴积,有时候就要发泄。所以,曾经有一个儿子向父亲要五十元零用钱,其父靳而不予,由冷言恶语而拖拖拉拉,儿子比较身手矫健,一把揪住父亲的领带(唉,领带真误事),领带越揪越紧,父亲一口气

/ 辑四 /
吾日三省，吾没有错

上不来，一翻白眼，死了。这件案子，按理应剐，基于"心神丧失"的理由，没有剐，在代沟的历史里留下一个悲惨的记录。

人到成年，嘤嘤求偶，这时节不但自己着急，家长更是担心，可是所谓代沟出现了，一方面说这是我的事，你少管，另一方说传宗接代的大事如何能不过问。一个人究竟是姣好还是寝陋，是端庄还是阴鸷，本来难有定评。"看那样子，长头发、牛仔裤、嬉游浪荡、好吃懒做，大概不是善类。""爬山、露营、打球、跳舞，都是青年的娱乐，难道要我们天天匀出工夫来晨昏定省，膝下承欢？"南辕北辙，越说越远。其实"养儿防老""我养你小，你养我老"的观念，现代的人大部分早已不再坚持。羽毛既丰，各奔前程，上下两代能保持朋友一般的关系，可疏可密，岁时存问，相待以礼，岂不甚妙？谁也无需剑拔弩张，放任自己，而诿过于代沟。沟是死的，人是活的！代沟需要沟通，不能像古希腊神话中的亚力山大以利剑砍难解之绳结那样容易的一刀两断，因为人终归是人。

签字

　　一个人愿意怎样签他的名字，是纯属于他个人的事，他有充分自由，没有人能干涉他。不过也有一个起码的条件，他签字必须能令人认识，否则签字可能失了意义，甚且带来不必要的烦扰。有一次，一个学校考试放榜前夕，因为弥封编号的关系，必须核对报名表以取得真实姓名，不料有一位考生在报名上的签字如龙飞凤舞，又如春蚓秋蛇，又似鬼画符，非籀非篆，非行非草，大家传观，各作了不同的鉴定。有人说这样的考生必非善类，不取也罢。有人惜才，因为他考试的成绩很好。扰攘了半晌，有人出了高招，轻轻地揭下他的照片，看看照片背面的签字式是否可资比较。这一招，果然有分教，约略地看出了这位匠心独运的考生的真实姓名。对于他的书法，大家都摇头。我没有追踪调查该生日后是否成了一位新潮派的画家或现代派的诗人。

　　支票的签字可以任意勾画，而且无妨故出奇招，令人无从辨识，甚至像是一团乱麻，漆黑一团亦无不可，总之是要令人难以模仿。不过每次签字必须一致，涂鸦也好，墨猪也好，那猪那鸦必须

/ 辑四 /
吾日三省，吾没有错

永远是一个模式。在其他的场合就怕不能这样自由。有不相识的人写信给我，信的本身显示他很正常，但是他的正常没有维持到底，他的姓名我无法辨识，而信又有作复的必要。我无可奈何只好把他的签字式剪下来贴在复信的信封上，是否可以寄达我就不知道了，这位先生可能有一种误会，以为他的签字是任何读书识字的人所应该一看就懂的。

我们中国的字，由仓颉起，而甲骨、而钟鼎、而篆、而隶、而行、而草、而楷，变化多端，但是那变化是经过演化而约定俗成的。即使是草书其中也有一定的标准写法，并不是每个人都可以潦草地任意大笔一挥。所以有所谓"标准草书"，草书也自有其一定的写法。从前小学颇重写字课，有些教师指定学生临写草书千字文，现在没有人肯干这种傻事了。翻看任何红白喜事的签到簿，其中总会有些令人啼笑皆非的签字式。有些画家完成巨构之后签名如画押。八大山人签字式很怪，有人说是略似"哭之笑之"，寓有隐痛。画不如八大者不得援例。

签字式最足以代表一个人的性格。王羲之的签字有几十种样式，万变不离其宗，一律的圆熟隽俏。看他的署名，不论是在笺头或是柬尾，一副翩翩的风致跃然纸上，他写的"之"字变化多端，都是摇曳生姿。世之学逸少书者多矣，没人能得其精髓，非太肥即太瘦，非太松即太紧，"羲之"二字即模仿不得。

有人沾染西俗，遇到新闻人物辄一拥而上，手持小簿，或临

195

时撕扯的零张片楮，请求签名留念。其实那签字之后，下落多半不明，徒滋纷扰而已。我记得有一年，某省考试公费留学，某生成绩不恶，最后口试，他应答之后一时兴起，从衣袋里抽出小簿，请考试委员一一签名留念，主考者勃然大怒，予以斥退，遂至名落孙山。

雁塔题名好像是雅事，其实俗陋可哂。雁塔上题名者不仅是新进士，僧道庶士亦杂列其间。流风遗韵到今未已，凡属名胜，几乎到处都有某某到此一游的题记，甚至于用刀雕刻以期芳名垂诸久远。三代以下惟恐其不好名，不过名亦有善恶之别。我记得某家围墙新敷水泥，路过行人中不知哪一位逸兴遄飞，拾起一块石头或木棍之类，趁水泥湿软未干，以遒劲的笔法大书"王××"三个字，事隔二十余年，其题名犹未漫漶，可惜他的大名实在不雅。

名片

　　名片不是什么特殊阶级所特有的,人人都可享用。上自达官贵人,下至妓娼走贩,只消你有一个名字,再只消你有几角钱,你便可印一盒名片。

　　名片的种类式样之多,就如同印名片的人一样。有足以令人发笑的,有足以令人骇怕的,也有足以令人哭不得笑不得的。若有人把各式的名片聚集起来,恐怕比香烟里的画片还更有趣。

　　官僚的名片,时行的是单印名姓,不加官衔。其实官做大了,人就自然出名,官衔的名片简直用不着。唯独有一般不大不小的人物,印起名片来,深恐自己的姓名太轻太贱,压不住那薄薄的一张纸,于是把古往今来的官衔一齐的印在名片上,望上去黑糊糊的一片,就好像一个人的背上驮起一块大石碑。

　　身通洋务,或将要身通洋务的先生,名片上的几个英文字是少不得的,"汤姆""查利"都成,甚而再冠上一个声音相近的外国姓。因为名片也者,乃是一个人的全部人格的表现。

房东与房客

狗见了猫,猫见了耗子,全没有好气,总不免怒目相视、龇牙裂嘴,一场格斗了事。上天生物就是这样,生生相克,总得斗。房东与房客,或房客与房东,其间的关系也是同样的不祥。在房东眼里,房客很少有好东西;在房客眼里,房东根本就没有一个好东西。利害冲突,彼此很难维持人与人之间应有的常态。

房东的哲学往往是这样的:"来看房的那个人,看样子就面生可疑。我的房子能随便租给人?租给他开白面房子怎么办?将来非找个妥保不可。你看他那个神儿!房子的间架矮哩,院子窄哩,地点偏哩,房租大哩,褒贬得一文不值,好像是谁请他来住似的!你不合适不会不住?我说得清清楚楚,你没有家眷我可不租,他说他有。我问他是干什么的,他死不张嘴,再不就是吞吞吐吐,八成不是好人。可是后来我还是租给他了。他往里一搬,哎呀,怎那么多人口,也不知究竟是几家了?瘪嘴的老太太有好几位,孩子一大串,兔儿爷似的一个比一个高。住了没有几个月,房子糟蹋得不成样子,雪白的墙角上他堆煤,披麻绿油的影壁上画了粉笔的飞机与

/ 辑四 /
吾日三省，吾没有错

乌龟，砖缝里的草长了一人多高，沟眼也堵死了，水龙头也歪了，地板上的油漆也磨光了，天花板也熏黑了，玻璃窗也用高丽纸锯补了，门环子也掉了……唉，简直是遭劫！房租到期还要拖欠，早一天取固然不成，过几天取也常要碰钉子，'过两天再来吧'，'下月一起付吧'，'太太不在家''先付半个月的吧'，'我们还没有发薪哪，发了薪给你送去'……好，房租取不到，还得白跑道，腿杆儿都跑细了。他不给租钱，还挺横，你去取租的时候，他就叫你蹲在门口儿，砰的一声把大门关上了，好像是你欠他的钱！也有到时候把房租送上门来的，这主儿更难缠，说不定他早做了二房东，他怕我去调查。租人家的房子住人的，有几个是有良心的？……"

房客的哲学又是一套："这房东的房子多得很，'吃瓦片儿的'，任事不作，靠房钱吃饭。这房子一点也不合局，我要是有钱决不租这样的房子，我是凑和着住。一进门就是三份儿，一房一茶一打扫，比阎王还凶。没法子，给你。还要打铺保？我人地生疏，哪里找保去？难道我还能把你的房子吃掉不成？你问我家里人口多不多，你管得着么？难道房东还带查户口？'不准转租'，我自己还不够住的呢！可是我要把南房腾空转租，你也管不了，反正我不欠你的房租。'不准拖欠'，噫，我要是有钱我决不拖欠。这个月我迟领了几天薪，房东就三天两头儿的找上门来，好像是有几年没付房钱似的，搅得我一家不安。谁没有个手头儿发窘？何苦！房钱错了一天也不行，急如星火，可是那天下雨房漏了，打了八次电话，他也不派人来修，把我的被褥都湿脏了。阴沟堵住了，院里积了一汪子水，也不来修。门环掉了，都是我自己找人修的。他还觍着脸催房钱！无耻！我住了这样久，没糟蹋你一间房子，墙、柱子都好好的，没摘过你一扇门、一扇窗子，还要怎样？这样的房客你哪里找去？……"

房东、房客如此之不相容，租赁的关系不是很容易决裂的吗？啊不，比离婚还难。房东虽然不好，房子还是要住的；房客虽然不好，房子不能不由他住。主客之间永远是紧张的，谁也不把谁当做君子看。

这还是承平时代的情形。在通货膨胀的时代，双方的无名火都提高了好几十丈，提起了对方的时候恐怕牙都要发痒。

房东的哲学要追加这样一部分："你这几个房钱够干什么的？你以后不必给房钱了，每个月给我几个烧饼好了。一开口就是'老房客'，老房客就该白住房？你也打听打听现在的市价，顶费要几条几条的，房租要一袋一袋的，我的房租不到市价的十分之一，人不可没有良心。你嫌贵，你别处租租试试看。你说年头不好，你没有钱，你可以住小房呀！谁叫你住这么大的一所？没有钱，就该找三间房忍着去，你还要场面？你要是一个钱都没有，就该白住房么？我一家子指着房钱吃饭哪！你也不是我的儿子，我为什么让你白住？……"

/ 辑四 /
吾日三省，吾没有错

房客方面也追加理由如下："我这么多年没欠过租，我们的友谊要紧。房钱不是没有长过，我自动地还给你长过一次呢，要说是市价一间一袋的话，那不合法，那是高抬物价，压迫无产阶级，市侩作风，说到哪里也是你没理。人不可不知足。你要长到多少才叫够？我的薪水也并没有跟着物价长。才几个月的工夫，又啰嗦着要长房租，亏你说得出口！你是房东、资产阶级，你不知没房住的苦，何必在穷人身上打算盘？不用费话了，等我的薪水下次调整，也给你加一点，多少总得加你一点，这个月还是这么多，你爱拿不拿！你不拿，我放在提存处去，不是我欠租。……"

闹到这个地步，关系该断绝了吧？啊不。房客赌气搬家，不，这个气赌不得，赌财不赌气。房东撵房客搬家，更不行，撵人搬家是最伤天害理的事，谁也不同情，而且事实上也撵不动，房客像是生了根一般。打官司么？房东心里明白：请律师递状、开庭、试行和解、开庭辩论、宣判、二审、三审、执行，这一套程序不要两年也得一年半，不合算。没法子，怄吧。房东和房客就这样的在怄着。

世界上就没有人懂得一点宾主之谊、客客气气、好来好散的么？有。不过那是在"君子国"里。

201

信

早起最快意的一件事，莫过于在案上发现一大堆信——平、快、挂，七长八短的一大堆。明知其间未必有多少令人欢喜的资料，大概总是说穷诉苦、琐屑累人的居多，常常令人终日寡欢，但是仍希望有一大堆信来。Marcus Aurelius 曾经说："每天早晨离家时，我对我自己说，'我今天将要遇见一个傲慢的人，一个忘恩负义的人，一个说话太多的人。这些人之所以如此，乃是自然而且必要的，所以不要惊讶。'"我每天早晨拆阅来信，亦先具同样心理，不但不存奢望，而且预先料到我今天将要接到几封催命符式的讨债信，生活比我优裕而反来向我告贷的信，以及看了不能令人喜欢的喜柬，不能令人不喜欢的讣闻等。世界上是有此等人、此等事，所以我当然也要接得此等信，不必惊讶。最难堪的，是遥望绿衣人来，总是过门不入，那才是莫可名状的凄凉，仿佛有被人遗弃之感。

有一种人把自己的文字润格订得极高，颇有一字千金之概，轻易是不肯写信的。你写信给他，永远是石沉大海。假如忽然间朵云遥颁，而且多半是又挂又快，隔着信封摸上去，沉甸甸的，又厚

/ 辑四 /
吾日三省，吾没有错

又重——放心，里面第一页必是抄自尺牍大全，"自违雅教，时切遐思，比维起居清泰为颂为祷"这么一套，正文自第二页开始，末尾于顿首之后，必定还要标明"鹄候回音"四个大字，外加三个密圈，此外必不可少的是另附恭楷履历硬卡片一张。这种信也有用处，至少可以令我们知道此人依然健在，此种信不可不复，复时以"……俟有机缘，定当驰告"这么一套为最得体。

另一种人，好以纸笔代喉舌，不惜工本，写信较勤。刊物的编者大抵是以写信为其主要职务之一，所以不在话下。因误会而恋爱的情人们，见面时眼睛都要迸出火星，一旦隔离，焉能不情急智生，烦邮差来传书递简？Herrick[①]有句云："嘴唇只有在不能接吻时才肯歌唱。"同样的，情人们只有在不能喁喁私语时才要写信。情书是一种紧急救济，所以亦不在话下。我所说的爱写信的人，是指家人朋友之间聚散匆匆，暌违之后，有所见，有所闻，有所忆，有所感，不愿独秘，愿人分享，则乘兴奋笔，借通情愫。写信者并无所求，受信者但觉情谊翕如，趣味盎然，不禁色起神往。在这种心情之下，朋友的信可作为宋元人的小简读，家书亦不妨当作社会新闻看。看信之乐，莫过于此。

写信如谈话。痛快人写信，大概总是开门见山。若是开门见雾，模模糊糊，不知所云，则其人谈话亦必是丈八罗汉，令人摸不着头脑。我又尝接得另外一种信，突如其来，内容是讲学论道，

[①] 即赫里克，英国"骑士派"诗人，著有《樱桃熟了》《致水仙》《疯姑娘之歌》等。编者注。

洋洋洒洒，作者虽未要我代为保存，我则觉得责任太大，万一庋藏不慎，岂不就要湮没名文。老实讲，我是有收藏信件的癖好的，但亦略有抉择：多年老友，误入仕途，使用书记代笔者，不收；讨论人生观一类大题目者，不收；正文自第二页开始者，不收；用钢笔写在宣纸上，有如在吸墨纸上写字者，不收；横写或在左边写起者，不收；有加新式标点之必要者，不收；没有加新式标点之可能者亦不收；恭楷者，不收；潦草者，亦不收；作者未归道山，即可公开发表者，不收；如果作者已归道山，而仍不可公开发表者，亦不收！……因为有这样多的限制，所以收藏不富。

信里面的称呼最足以见人情世态。有一位业教授的朋友告诉我，他常接到许多信件，开端如果是"夫子大人函丈"或"××老师钧鉴"，写信者必定是刚刚毕业或失业的学生，甚而至于并不是同时同院系的学生，其内容泰半是请求提携的意思。如果机缘凑巧，真个提携了他，以后他来信时便改称"××先生"了。若是机缘再凑巧，再加上铨叙合格，连米贴房贴算在一起足够两个教授的薪水，他写起信来便干干脆脆地称兄道弟了！我的朋友言下不胜欷歔，其实是他所见不广。师生关系，原属雇佣性质，焉能不受阶级升黜的影响？

书信写作西人尝称之为"最温柔的艺术"，其亲切细腻仅次于日记。我国尺牍，尤多精粹之作。但居今之世，心头萦绕者尽是米价涨落问题，一袋袋的邮件之中要拣出几篇雅丽可诵的文章来，谈何容易！

信纸信封

凡是开办一个铺子，创立一个学校，组织一个机关，或发起一切其他大家吃饭的团体，第一件要紧的事，据有经验的人说，就是印制信纸信封。有许多机关，干脆说吧，唯一的事务就是印制信纸信封，此外不必更下什么资本。说也奇怪，社会的人士真有眼光，看见你用的信封信纸印着机关的名字，顿时对你增加三分信仰。信纸上要是再印上几个英文字，你的人格就算是有了担保。因为这个理由，在无论什么像样的机关，信纸信封的费用是一笔很大的开销。

然而（一个很使劲儿的然而），公家的信纸信封，用在公家的事务上者，可不算多；用到私人的事务上者，可不算少。这在用信纸信封的人想来，不是没有充分理由的。理由是：用几张信纸信封，在公家损失无几，在我一方面节省良多。奉行俭德的人，就没有话说了。

有一天我接到一封从外国邮局寄来的信，那信封是免贴邮票的信封，在贴邮票的角上印着："如有以此信封作私用者，处以二百元之罚金。"从字面上看来，公私似甚分明，然而帝国主义者做的事，当然是不足为训了。我们中国人盗用公家信纸信封者，恐怕还不多，还没有到惹人注意或特颁刑律的地步。大可乐观。

写信难

我因为懒得写信，常被朋友们骂。自己也知道是一个毛病，可是改不了。有些人根本不当回事，倒也罢了，我却是一方面提不起笔，一方面却又老惦记着一件大事没做。单单写信，我这一生仿佛就没有如释重负的时候了。我不十分有保存信的习惯，可是我已经存了不止千八百封，这不是为保存，而是为了想答复，虽然遥遥无期。

因为自己有这样一个毛病，就每每推想别个同病的人到底为什么会懒得写信。照我们现在想，大抵不外几个原因：一是写信也要有物质基础，如果文房四宝不太方便，有笔无墨，或笔墨虽有，而墨的胶性太大，笔头又摇摇欲坠，像驾着老牛破车一样，游兴无论多么大，也要索然而返了。纸也很要紧，不要说草纸不能写信，就是宣纸道林纸，假若大小不一，颜色不齐，厚薄不均，也会扫写信的兴。或者说用钢笔不就得了么？然而钢笔又有钢笔的难处，不好用的钢笔，用起来比什么都吃力，写不上二三字，又废然了。钢笔头容易变成叉子，到那时恐怕除了画平行线以外，什么也写不出。钢笔杆容易让手指上起一个疙瘩，如果不是大力在后，谁也不愿意去忍痛写信。自来水笔似乎好了，而美国货太贵，国货又不敢领教。坏的自来水笔容易漏水，不是满手有人染坊之嫌，就是信纸会变成汪洋一片，这也败人的兴了。钢笔的问题纵解决，而墨水又成问题，墨水的上层每每清淡如水，写上去若有若无，用到下层时却又有浓得化不开之虞。再换一瓶不同牌子的墨水去用的时候，据说又会让第二瓶墨水起了化学作用。究竟什么化学作用，我们不清楚，可是写在纸上，字形却不太真了。文房四宝的难关已经如此，如果再加上邮票时刻涨价，每涨一次价，写信的兴致就淡一层。邮票方便，有时确是叫人爱写信的，随便一写，随便一贴，随便一丢，飘飘然，牢骚或者温情是可以达到友好之手了。因此，爱写信的朋友常常早买一批邮票，到了时候一贴。我还见过一位小朋友，他是预备得更周到，把邮票早贴到信封上。别人如果借他的信封用，大概也就同时省了一点物力时力。现在却不行了，早买下邮票吧，几天一涨，旧邮票立刻落伍，贴满了信封，也不够数。我现在就存下不少一元、二元、十元、五十元的邮票，眼看一百元、五百元的邮票又要打到冷宫里了。这样一来，谁愿意早预备邮票；不早预备邮票，写信的事业又受了挫折。

　　上面所说，都是写信一事的物质基础。另外却也有一些不利于写信的因素。一个人的表现方式，原是有惯性的，如果业已惯于用某一种方式了，大抵不太重视其他的方式。例如一个惯于用日记

/ 辑四 /
吾日三省，吾没有错

表现自己的人，每天日记数千言，他大概不再写什么文章了。反之，一个爱好长篇巨制的人，他的日记也势必如流水账一样简陋。我总觉得爱讲话的人，就未必爱写信。因为见了面，可以天上地下，李家长张家短，海阔天空，多么痛快！谁耐烦用充塞拥挤的心情去写那写也写不痛快的八行书？

再则写信与年龄也有关，中学生都是擅长写长信的。老舍说中学生的恋爱只能在半脖子泥写情书的状态下进行，一点儿也不错。谁能怪中学生的时代正是诗人的时代、哲人的时代、情人的时代呢？中学以上，随着这些黄金时代的消失，而信也渐渐变短。大学毕了业，大概就只余下八行，八行也尽多的了。不是么？

写信又和性别有关，男子大概在这上面要见绌一点。在同一个公事房里，互递纸条来谩骂或传情，只有女职员才这样做。收到一封不识者的来信，只说讨厌，而心中急于拆阅，并且纵然不理，然而希望不久就再继续收到，这才只有女性为然。我有一次在飞机上，见许多人欠伸欲睡，许多人恶心要吐，可是就有一位客人，在铺上小手提包，伏着身子写信，不用问，那也只有一位小姐可以做得出。小姐似乎为写信看信而活着，大概这话没有毛病。

如果不把写信当做一回事的人，有时却也容易写信。因为应酬的信是有套子的，纵然不必搬了"尺牍大全"照抄，而耳触目染，却也已经容易得腐词滥调的训练。可也要写一封有情趣的信，虽不必希望让人的子孙将来保存成墨宝，但至少不愿意落入言不由衷的

209

恶札，就大大不易了。孙过庭在《书谱》上讲写好字的条件之一是"偶然欲书"，这也就是兴会。现在何世？兴会何来？倘见一二知己，真要抱头大哭，实在缺乏写寸笺的"偶然欲书"的心情了！

写信也许是擅长应付实际生活的人的本领之一。我每见许多有为之士，有信必发，有时迟了一年半载，但也必须写出奉读某月某日手书的字样，仿佛他特别关心，又特别强记，叫收信的人既感而且佩。这种人大概是一饭三吐哺、一沐三握发的类型里的。反过来，假若居今之世，还不晓得钱的有用，衣冠也不能整齐，不想为世所知，自己也几乎忘了世界，此不实际之尤，对写信也就生疏了。

我虽然找了这许多理由，但自己省察下去，其中并没有一个理由和自己真正相合。糟糕的是，我竟天天惦记着给人写信，然而债台高筑，日增不已，自己的歉疚也就不已，大概是古人所谓"重伤"了。

匿名信

邮局递来一封匿名信，没启封就知道是匿名信，因为一来我自己心里明白，现在快要到我接匿名信的时候了（如果竟无匿名信到来，那是我把人性估计太低了），二来那只信封的神情就有几分尴尬，信封上的两行字，倾斜而不潦草，正是书法上所谓"生拙"，像是郑板桥体，又像是小学生的涂鸦，不是撇太长，就是捺太短，总之是很矜持，惟恐露出本来面目。下款署"内详"二字。现代的人很少有写"内详"的习惯，犹之乎很少有在信封背面写"如瓶"的习惯，其所以写"内详"者，乃是平常写惯了下款，如今又不能写真姓名，于是于不自觉间写上了"内详"云云。

我同情写匿名信的人，因为他或她肯干这种勾当，必定是极不得已，等于一个人若不为生活所逼便绝不至于会男盗女娼一样。当其蓄谋动念之时，一定有一副血脉偾张的面孔，"怒从心上起，恶向胆边生"，硬是按捺不住。几度心里犹豫，"何必？"又几度心里坚决，"必！"于是关门闭户独自去写那将来不便收入文集的尺牍。愤怒怨恨，如果用得其当，是很可宝贵的一种情感，所谓"文王一怒"那是无人不知的了,但是匿名信则除了发泄愤怒怨恨之外还表现了人性的另一面——怯懦。怯懦也不希奇。听说外国的杀人不眨眼的海盗,如果蓄谋叛变开始向船长要挟的时候,那封哀的美敦书的署名是很成问题的,领衔的要冒较大的危险,所以他们发明了 Round Robin 法①以姓名连串的写成一圆圈,无始无末,浑然无迹。这种办法也是怯懦,较之匿名信还是大胆得多。凡是当着人不好说出口的话,或是说出口来要脸红的话,或是根本不能从口里说出来的话,在匿名的掩护之下可以一泄如注。

匿名信作家在伸纸吮笔之际也有一番为难,笔迹是一重难关,中国的书法比任何其他国的文字更容易表现性格。有人写字匀整如打字机打出来的,其人必循规蹈矩;有人写字不分大小一律出格,其人必张牙舞爪。甚至字体还和人的形体有关,如果字如墨猪,其人往往似"五百斤油";如果笔画干瘦如柴,其人往往亦似一堆排骨。匿名信总是熟人写的,熟人的字迹谁还看不出来?所以写的人要费一番思索。匿名信不能托别人来写,因为托别人写,便至少有一个人知道了你的姓名,而且也难得找到志同道合的人,所以只好自己动笔。外国人(如绑票匪)写匿名信,往往从报纸上剪下相应的字母,然后拼成字粘上去。此法甚妙。可惜中国字拉丁化运动尚未成功,从报上剪字便非先编一索引不可。唯一可行的方法是竭力变更字体。然而谈何容易!善变莫如狐,七变八变,总还变不脱那

---

① 即轮询法。编者注。

条尾巴。

　　文言文比白话文难于令人辨出笔调，等于唱西皮二黄，比说话难于令人辨出嗓音。之乎者也的一来，人味减少了许多，再加上成语典故以及《古文观止》上所备有的古文笔法，我们便很难推测作者是何许人。（当然，如果韩文公或柳子厚等唐宋八大家写匿名信，一定不用文言，或者要用语录体吧？）本来文理粗通的人，或者要故意的写上几个别字，以便引人的猜测走上歧途。文言根本不必故意往坏里写，因为竭力往好里写，结果也是免不了拗涩别扭。

　　匿名信的效力之大小，是视收信人性格之不同而大有差异的。譬如一只苍蝇落在一碗菜上，在一个用火酒擦筷子的人必定要大惊小怪起来，一定屏去不食，一个用开水洗筷子的人就要主张烧开了再食；但是在司空见惯了的人，不要说苍蝇落在菜上，就是拌在菜里，驱开摔去便是，除了一刹那间的厌恶以外，别无其他反应。引人恶心这一点点功效，匿名信是有的，不过又不是匿名信所独有。记得十几年前（就是所谓普罗文学鼎盛的那一年）的一个冬夜，我睡在三楼亭子间，楼下电话响得很急，我穿起衣下楼去接："找谁？""我请×××先生说话。""我就是。""啊，你就是×××先生吗？"是的，我就是。"这时节那方面的声音变了，变得很粗厉，厉声骂一句："你是□□□！"正惊愕间，呱啦一声，寂然无声了。我再上三层楼，脱衣服，睡觉。在冬天三更半夜上下三层楼挨一句骂，这是令人作呕的事，我记得我足足为之失眠约一小时！

这和匿名信是异趣同工的,不过一个是用语言,一个是用文字。

天下事有不可预防不便追究者,如匿名信便是。要预防,很难,除非自己是文盲,并且专结交文盲;要追究,很苦,除非自甘暴弃与写匿名信者一般见识。其实匿名信的来源不是不可破获的。核对笔迹是最方便的法子,犹之核对指纹。有一位细心而嗅觉发达的人曾经在启开匿名信之后嗅到一股脂粉香,按照警犬追踪的办法,他可以一直跟踪到人家的闺阁。不过问题是,万一破坏了来源,其将何以善其后?尤其是,万一证明了那写信的人是天天见面的一个好朋友,这个世界将如何住得下去!Marcus Aurelius 说:"每天早晨我离家时便对自己说:'今天将要遇见一个傲慢的人,一个忘恩负义的人,一个说话太多的人。这些人之所以要这样,乃是自然的而且必然的,所以不可惊异。'"我觉得这态度很好。世界上是有一种人要写匿名信,他或她觉得愤慨委屈,而又没有一根够硬的脊椎支持着,如果不写匿名信,情感受了压抑,会生出变态,所以写匿名信是自然的而且必然的,不可惊异。这也就是俗话所说,见怪不怪。

写匿名信给我的人以后见了我,不难过吗?我想他一定不敢两眼正视我,他一定要瞟不搭地走开,或者搭讪着扯几句淡话,同时他还要努力镇定,要使我不感觉他与往常有什么不同。他写过匿名信后,必定天天期望着他所希冀的效果,究竟有效呢?无效呢?这将使他惶惑不宁。写了匿名信的人一定不会一觉睡到大天光的。

出版后记

本书精选《雅舍小品》等梁实秋文集中的文章，比较多种梁实秋散文集版本。为了保持作品原貌，本次出版只是修改了原文中一些明显的不便于理解的错字，对标点做了统一和规范，对文章中外国人名、俗语等添加了注释。在编辑过程中，我们吸收了国内许多专家的研究成果。

重庆市北碚博物馆馆长莫骄先生、党支部书记辛颖女士、党支部副书记罗雅女士、公众教育部主任李小青女士、展览研究部副主任张芷莹女士、展览研究部杜沁女士和曾杰先生，梁实秋纪念馆傅冠俊先生、江村先生、杨金先生、李双女士、黎猫女士、朱芯莹女士等，对我们的工作给予了全力支持与帮助，在这里一并致以衷心的感谢。